卓越小学生
成才训练营

培养
有自信心
的 小学生

主编 高长梅 本册主编 赵一凡

九州出版社 全国百佳图书出版单位 JIUZHOUPRESS

图书在版编目（CIP）数据

培养有自信心的小学生/高长梅主编.－北京：九州出版社，
2010.4（2021.7 重印）

（"读·品·悟"卓越小学生成才训练营）

ISBN 978-7-5108-0384-0

Ⅰ.①培…　Ⅱ.①高…　Ⅲ.①儿童文学—故事—作品集—
世界　Ⅳ.① I18

中国版本图书馆 CIP 数据核字（2010）第 054512 号

培养有自信心的小学生

作　　者	高长梅　主编　赵一凡　本册主编
出版发行	九州出版社
地　　址	北京市西城区阜外大街甲 35 号（100037）
发行电话	(010)68992190/2/3/5/6
网　　址	www.jiuzhoupress.com
电子信箱	jiuzhou@jiuzhoupress.com
印　　刷	北京一鑫印务有限责任公司
开　　本	720 毫米 × 1000 毫米　16 开
印　　张	12
字　　数	180 千字
版　　次	2010 年 6 月第 1 版
印　　次	2021 年 7 月第 3 次印刷
书　　号	ISBN 978-7-5108-0384-0
定　　价	36.00 元

目录

第 **1** 辑　在缺陷中寻找自信

也许你曾抱怨上帝的不公，让自身有了这样那样的缺陷。但如果我们有了积极进取的可贵心态，能把不幸当做上帝的馈赠来享用，就能从缺陷中寻觅成功。相信你也行！

目录

第 2 辑　你能够做到

　　你很棒！试得很好！再试一次！尽你最大的努力！绝不放弃！我为你感到自豪！这是许多美国父母经常对子女说的话，孩子们的自信心和奋斗精神，就是这样被培养出来的。

第 3 辑　不要让别人偷走你的梦想

　　梦想之所以激动人心，正是因为它高悬于现实之上，并永不停歇地闪烁着光芒与魅力。追逐梦想的人，注定要经历许多艰难与挫折，才能攀折那代表着光荣与奇迹的果实。不要让别人偷走你的梦想，不要让脚步停滞，只要有足够的自信和坚强的意志，我们总能够创造属于自己的辉煌！

目录

第 **4** 辑　用信心奔跑的人

　　他忽然明白了，伊利克在赛跑时，一定也是抱着那种心情，高仰着头，坚信自己一定能跑抵终点。凭着信心奔跑，完全放松自己，不去管自己跑向何处，只管往前冲。只要他充满了信心，精神上得到释放，他自然会仰着头，同时从他的肺部及双腿重新涌出一股力量，那就是他战胜对手的力量。原来，伊利克是靠着自己的信心在奔跑。

目录

第 5 辑　做好你自己

在这美丽多彩的世界上，除了花儿的万紫千红和美丽娇妍，也有松柏小草的郁郁葱葱和青翠欲滴。我们每个人都拥有和别人不同的人生，即使我们是一枝静静地绽放在山崖里的百合花，我们的芳香也一样沁人心脾。不要事事羡慕别人，而要懂得相信自己。

第 6 辑　藏在信里的天使

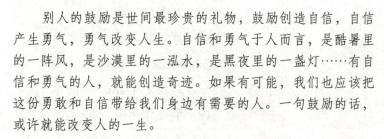

别人的鼓励是世间最珍贵的礼物，鼓励创造自信，自信产生勇气，勇气改变人生。自信和勇气于人而言，是酷暑里的一阵风，是沙漠里的一泓水，是黑夜里的一盏灯……有自信和勇气的人，就能创造奇迹。如果有可能，我们也应该把这份勇敢和自信带给我们身边有需要的人。一句鼓励的话，或许就能改变人的一生。

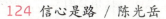

目录

第 7 辑　举起你的手

在人才辈出、竞争日趋激烈的今天，机会一般不会主动找到你，只有敢于表现自己，让别人认识你，吸引对方的注意，才有可能得到机会。我想我们绝大多数人都有自己的理想和目标，但人生的第一步必须学会醒目地亮出自己，为自己创造机会。

第 *1* 辑
在缺陷中寻找自信

　　也许你曾抱怨上帝的不公，让自身有了这样那样的缺陷。但如果我们有了积极进取的可贵心态，能把不幸当做上帝的馈赠来享用，就能从缺陷中寻觅成功。相信你也行！

每个人都能以最美的姿势活着 ◎张　翔

这个世界上任何一个人都有属于自己的美丽姿势，每个人都可以为这个世界留下最美的镜头。

　　她小时候遭遇过一场车祸，颈椎受到了剧烈的撞击，致使她的脖子向右歪曲。医生尽了最大的努力，也没有完全地矫正她的颈椎，于是，她便成了一个"歪脖子"姑娘。

　　从小学开始，她就常常被同学们取笑。一天放学后，一群同学念着"曲项向天歌"来取笑她，她为此哭了整整一个晚上。她的"歪脖子"几乎夺去了她的自尊和对美好的追求。于是，她发奋读书，因为成绩的优秀能成为她唯一的骄傲。她成绩永远都是那么的好，直到上大学，她从来都是成绩最优秀的。

　　上了大学，她的"歪脖子"依然成为同学们的笑料，有人甚至叫她"小歪妞"，她的心里总是漫过巨大的酸楚。

　　她的性格孤僻、自卑。她很沉默，在寝室几乎成了一个哑人；她很朴素，从来不像别的女同学那样打扮得花枝招展，因为她知道自己即使打扮得再漂亮，也难掩自己那严重的缺陷。在那美好的大学生活里，她卑微而悲哀地活着。有时候，她甚至对未来感到绝望。

　　班主任老师是一个爱好摄影的男青年，他总是向同学们展示自己的摄影作品，并努力提高那些有摄影爱好的同学的摄影水平。后来，他花了一大笔钱买了一个贵重的数码相机。于是，有一天，他对班里的同学们说:"明天我们搞个小生活会,我用新相机给你们每人拍一张明星时装照好不好?"同学们顿时一阵欢呼。

第二天,生活会在一个大教室举行。每个女生都穿得很漂亮,只有她依然穿着素淡的衣服。就在那个教室小小的讲台上,每个同学站在上面大胆地摆出了一个个漂亮的姿势,让老师拍照。老师拍得非常认真,对同学们的姿势,他总是细细指正,以求达到最好。

终于,轮到了她。她慢腾腾地走上讲台,拘束地站在上面,她的心一片慌乱和悲哀。她从小就知道,自己无论摆什么姿势都掩盖不了自己的缺陷,因此,她从小到大就没有拍过几张照片,甚至高中毕业照她都找理由推掉了,她不想让自己的样子留在同学们的相册和记忆里。

她木木地站在讲台上,台下的同学发出细碎的笑声,气氛有些尴尬。这时,老师走上前去对她说:"小袁,你觉得你最好的姿势是什么样的?"

她怯怯地回答道:"老师,我没有什么好姿势。"

老师笑着大声说:"你错了,这个世界上任何一个人都有属于自己的美丽姿势,每个人都可以为这个世界留下最美的镜头!让老师告诉你,你最美的姿势是什么……"

老师一说完,便将她的右手抓起,让她用右手手掌托住自己微偏的右腮,再让她的左手手掌托着她的右肘关节,像是在思考问题的样子。老师迅速退回到相机后面,然后对她说:"看镜头!"她睁大眼睛看镜头,"咔嚓"一声,一个睿智的身影便留在了相机里。同学们鼓起掌来,老师也随着鼓掌,一边鼓掌一边问大家说:"小袁的Pose是不是很漂亮很美啊!"

"是——"同学们异口同声地回答,掌声一片……

那是她从小到大第一次听到别人肯定她的"美丽",而且还是整整一个班的同学,她顿时热泪盈眶,泪水顺着眼角奔流而下,一直流到她依然托着腮的掌心里……

从那以后,她总把老师给她拍的照片挂在自己的床头,她每天睁开眼睛就可以看到自己优雅而睿智的样子。她忽然变得性格开朗起来,甚至还竞选当了学生会的干部,经常主持一些小会议。她也像每一个女生一样将自己打扮得漂漂亮亮的,向别人展示她的美丽。在每一个不经意的时刻,她都习惯地用右手托着腮,摆出那个属于她的姿势,因为这个姿势总让她看上去优雅而睿智。

多年后,她成了一个很成功的女企业家。当她被学校请去参加校庆时,校长请她为同学们讲讲自己的成功经历。她站在讲台上动情地说:"你们一定会很惊讶我这么一个貌不惊人的女生为什么会成为一个成功的女人,你们一定想知道是什么让我战胜各种困难而走向成功的。我要告诉大家,是一位老师的鼓励让我走出生活的阴影,帮我找到了自我,并鞭策着我一直向前挺进。这个老师曾细心地为我设计了一个属于我的最美的姿势,并大声地告诉我,这个世界上任何一个人都有属于自己的美丽姿势,每个人都可以为这个世界留下最美的镜头。"

无论这个世界有多少不完美,每个人都能以最美的姿势活着!

自信加油站

其实,有时候人生的快乐并不是因为拥有的多,而是因为计较的少。无论我们的世界有多少不完美,只要执著地追求美丽的梦想,只要坚持心中的希望,只要不去计较别人的目光,以自己最完美的心态、姿态去生活,就能找到幸福的曙光。

● 史宪军

好看不当大米吃 ◎风为裳

外表的美丑并不那么重要,自信坚强的心灵开出的花朵才是真正的美丽人生。

米粒:

你好!

暑假过得愉快吗? 常去伊吉蜜河畔吗? 真羡慕你自由自在的。有时我想,如果父亲不是下乡青年,如果我原本就属于哈尔滨,如果我从来都没离开过伊吉蜜,我就不会受这种夹缝里的痛苦了。我的户口迁回了城,可我是这里的陌生人。上那种毫无考大学希望的高中,城市的天空一片灰暗, 17 岁,我第一次感到前途迷茫。

暑假前,父亲打电话对我说:"暑假打份工吧,挣你下学期的学费。"我咬着牙同意了。可是米粒,你知道我多想伊吉蜜波光粼粼的小河吗? 但我得留下来打一份工,我知道父亲想锻炼我,想让我和这座曾经属于他的城市亲近。

我做的第一份工是在餐馆。米粒,你知道我不是个漂亮的女孩。不,不对,应该说我是个不漂亮的女孩才对。我长得挺拔健硕,像山里的小红松,但城里不喜欢这样的女孩子。城里的女孩子像柔柔的水柳。我黑,我妈说我掉到地上就找不着。我的额头宽,下巴翘。从前在伊吉蜜时,我不会在乎这些,漂亮又不当大米吃。可是米粒,在老板娘挑剔的目光下,我的自信轰然倒塌。不过是个端盘子的服务员,手脚麻利就可以了,干吗非要脸蛋长得像花儿啊? 我把这话说给脸雕琢得彩鸡蛋一样的老板娘听时,她笑了:"傻丫头,长得不好看会影响客人的食欲呀!"我一声不吭,转身就走。老板娘喊住了我:"要不你去帮厨吧,八块钱一天!"

八块就八块,我留了下来。帮厨的大多是四十多岁的下岗妇女。帮厨总有干不完的活。择(zhái)菜、洗菜、洗碗,一样挨着一样,好在在家时,这些活我也干惯了,阿姨们也还照顾我。那一天,客人要吃炒土豆条。我想:土豆条哪有土豆丝好吃啊,在家里妈妈都是炒土豆丝的,于是我就切丝。结果一不小心切到手了,血把土豆弄得鲜红,大师傅走过来,抓把土豆丝一下子扔到我的脸上,吼着:"你傻呀,跟你说了是土豆条、土豆条,你还切丝⋯⋯"我的泪刷地就下来了,有什么了不起,我还不干了呢? 我脱了白工作服。和我一起干活的吴阿姨拉着我的手,说:"青草,没事的,你还小,这点事算啥呀? 走,姨陪你去包一包。"我说:"我不包,我要回伊吉蜜,那没人嫌我丑,那的人吃土豆丝土豆条都行。"阿姨们都笑了。冷静下来,我想我不走,我不能让人觉得"丑丫头"什么事也干不成。我很快就做得像模像样了。尤其是土豆条,切得像用了模子。阿姨们都夸我能干,说从农村出来的小姑娘就是能吃苦。

可这份工我只做了半个月,每晚十一二点下班,大伯后找的老伴嫌我影响她休息,没办法,我只好辞工。从餐馆里出来,有些留恋,也有快乐。兜里揣着150块钱(老板娘多给了一些),我走在中央大街上,左看右看,什么都舍不得买,这是我第一次挣钱啊!

有了上一次的经验,我不再寻找那些要年轻女孩做的工作了,导购小姐、化妆品推销员,都不去看。米粒,你说得对,丑也有丑的好处,没人会骚扰,也不给自己变坏的机会,脚踏实地挣钱,挺好。知道我的第二份工是什么吗? 你可别张大青蛙嘴哦! 送货公司,送米、送面、送煤气罐的公司！

大概是从没女孩子应聘这种工作吧，当我站在经理面前时，他足足瞅了我一分钟，然后说："开什么玩笑！"我说："让我试试，你就知道不是开玩笑了！"经理没吭声，旁边的一个大哥挺能逗的，说："就让这小丫头试试，看她这身板不赖，兴许能行呢。再说啦，男女搭配，干活还不累呢！"经理说："如果干不了，趁早说，别硬撑着！"

第一次是给一户人家送40斤米。我骑着自行车在哈尔滨30度的太阳地里跑了20分钟，汗像流水般地爬上六楼时，迎接我的是铁将军把门。我一屁股坐在地上，汗如雨下。那时我真想买张车票就逃回伊吉蜜，这破城市有什么好的。我等了一个钟头还不见人回来，扛着那袋米下楼。刚走到门口，就碰到了个老太太，她问我是不是来送米的，我点头。她说了她的名字，是这家。点真背，如果晚上十分钟，唉，啥也别说了，接着背吧。我先是背着，再是抱着，最后成了拖着了。"怎么来个丫头？"老太太嘟嘟囔囔的。出门时，她多给了我一些钱，我没要。老太太说："你不大吧？"我点头。"乡下的？"我又点头。"想做保姆吗？""我是来上学的，快开学了。"这回点头的是老太太了。她说："要有空来陪陪我吧，我付给你钱！"我睁大眼睛："奶奶，你真的要我陪吗？你不找个漂亮女孩来陪您吗？"老太太笑了："又不是找对象，要漂亮干啥？"

就这样，我找到了第三份工。

开学了，我晒得更黑了，同学笑话我说："你去非洲了吗？叫啥青草啊，干脆叫黑草得了！"我才不管他们怎么说呢，我就是丑小鸭，但我挣钱养自己了呀，你们行吗——城里的少爷小姐？

放学我就去陪那个奶奶，帮她做做家务，念念报，她儿女都忙，没时间陪她，挺孤单的。

米粒，我现在更努力学习了，不管能不能考上大学，多学点知识总是好的。前几天看报说人造美女的事,我想她们可真傻,好看当大米吃吗?我不好看,也有米吃了呀!

梦里我还会梦到伊吉蜜河,在河边,我说:"青草长大了!"

盼来信!

自信加油站

青草长大了,丢掉了曾经自卑的包袱,她经历了原本让她无法想象的成长。美和丑之间的距离并不遥远,外表的美丑并不那么重要,自信坚强的心灵开出的花朵才是真正的美丽人生。坚定自己的内心吧,寻找希望和信心的种子,我们也能开出"属于自己的花"。

史宪军

从丑小鸭到白天鹅　何希琳／译

"像你这么漂亮的女孩,难道不需要百科全书吗?"这一刻某种东西照亮了我灵魂中黑暗的角落。

我沿着弗赖堡的一条缀满阳光的街道慢慢行走。这是一个位于德国西南部风景如画的小镇。春天提前而至,不用多久,这里附近的黑森林就会充溢着成群的游客。那里有著名的美景,当然还有布谷鸟时钟。

那时候我19岁,是有生以来头一次远离了我的继母。在之前将近10年的时间里,她都跟我说我是多么丑陋、没用、跟别人格格不入。我亲生母亲患有精神病,于是我的童年时代是在儿童院和养父母家里度过的。

那时的我做着自己热爱的事：学习和研究。我被一所当地的大学录取了，学习文学、哲学和心理学。为什么我还是不开心呢？似乎每当我看着镜子，或者尝试与其他人平和相处时，继母的幽灵就会钻进我的脑袋，对我评头品足。我太羞怯了，即使在这个陌生城镇迷了路，都不愿向陌生人问路。

正当我随心地穿行于弗赖堡的街道时，忽然，一个胖墩墩的人跳到了我的面前。

"像你这么漂亮的女孩，难道不需要百科全书吗？"他说着，努力地睁着疲倦的双眼看着我的眼睛。

我马上意识到这不过是一个急于招揽生意的推销员低级的招徕伎俩——毕竟，我是高等哲学班里唯一的女生。

但这不是关键。关键在于，这一刻某种东西照亮了我灵魂中黑暗的角落。

像你这么漂亮的女孩，难道不需要一本百科全书吗？

从来好像只有两种女孩：一种是怯怯的书呆子（就像我这种），另一种是清高却言之无物的俗艳的芭比娃娃。猜猜男孩子们会喜欢哪种。我是个年轻的女性，当然想要受欢迎，有吸引力——但是我也想成为表现真我、思想深邃的人。

像你这么漂亮的女孩，难道不需要一本百科全书吗？

我脑海里呈现出了一个宏伟的画面。我想象着挂在博物馆里的一幅画，画中是一位年轻而有内涵的女士，背景是花团锦簇的花园。她身穿长裙，靠在一棵树边，她会意的微笑使她迷人的脸容光焕发。她揽着一叠书，没有半点造作。画下的一块金属牌刻着这幅画的标题："手捧百科全书的漂亮女孩。"

时髦而得体，这就是我想成为的那种女孩。

我买下了百科全书,一个月买一册。为了买它,我做了不少牺牲,但是如果可以步行的话,谁还需要坐电车? 如果有乳酪的话,谁还需要吃肉? 每当收到一个珍贵的包裹时,我都花上好几个小时惊异于封面的宝蓝色,金色印字的光亮,自然还有阅读书中的内容。

　　在往后的几年里,我逐渐走出了自己的保护壳。我发现我们能够享受生活,正因为生活充满着乐趣。我有了朋友。我恋爱了。事实上我也学会了在迷路的时候问路。

　　数年后,我的继母因癌症而去世。在去世之前,她给我打了电话,问我是否能去看望她。

　　在从慕尼黑去往科隆的火车上,我凝视着莱茵河童话般的景色,想着我们之间的相处会是怎样,以及自己能否原谅她。事情原来并不复杂。我们并坐在一起看了许多旧照片,也聊起她在爱沙尼亚的童年。她没有用多少话语来祈求我的原谅,但是我感觉到了她的用意。

　　当我道别时,我感觉到了解脱,终于解脱了。

　　大约 10 年前,我与一个美国人结婚并移居到美国。我没有带上百科全书。既然有了可以轻易查找信息的互联网,谁还需要笨重而又过时的"砖头"?

　　我现在常回德国。我把百科全书存放在我姨家,回去时也住在那里。有时候,我会抚摸着褪色了的宝蓝色封面和那布满灰尘的金色印字,还会随手翻开其中一册。我铭记着那个陌生人说出冒昧之辞的那一刻,因为对于一个迫切需要好的评价的年轻女孩来说,这就是她生命中特别的时刻。

　　而我自问,这个陌生人是谁呢? ……

很多人都会因为别人对自己的恶评而失去信心,其实,那只是别人的看法与想法,有时甚至只是偏见,为了这样的评价而一蹶不振、从此生活在灰色的世界里,真的太不值得了。每个人本身都是出色的,只是看我们有没有勇气表达这份自信而已。

——贾 珺

把自信带在身上 ◎吴海涛

> 你在给其他学生讲题的时候也很美,不仅仅因为智慧,还因为你的自信,可惜,你没有常常把自信带在身上。

小美是一个善良的女孩儿,但是她很自卑。

她自卑是因为有一块紫色的胎记盖住了她整个左眼。这让她从此恨上了自己,也恨上了镜子。

小学的时候,她没有朋友,大家都躲她远远的,用手指来指去。初中的时候同桌干脆叫她"女海盗",因为海盗的标准形象就是独眼龙,而她的那块胎记像极了独眼龙。

不止一次,小美在梦中惊醒,梦到别人指着她的左眼叫她"海盗"。走路的时候,小美总是低着头,她不想让别人看见她那块讨厌的胎记,她甚至想拿把小刀把它刮掉。然而这一切都无济于事。

小美渐渐地学会了自己独处。没有朋友,也没有交际,小美就把一切时间都用来学习。每当考完试,老师当着全班的面喊分数发试卷的时候,是小美最幸福的时候,也是她唯一能够抬起头昂首阔步的时候。

高中的时候,小美几乎成了班级同学的偶像,小美成了数学和英语两个学科的课代表。这个时候很少有人再叫她"海盗"了,高考的压力让同学们没有精力去嘲笑她。每当下课总有同学围着她问问题,在回答疑问的时候,小美笑得很美,很自然。然而,她还是自卑,还是不敢到人多的地方去,还是习惯性地低着头走路。

班里来了一位女老师,教英语。英语老师年轻、漂亮,朝气蓬勃,女孩子都以羡慕的眼光看着老师。在她们眼里,老师是这么美丽,这样高贵,每个女孩子都希望自己能像英语老师一样漂亮,甚至英语老师的喜好都能够影响班里的女生。由于是英语课代表,小美有更多的机会单独和老师相处。有一次,小美呆呆地看着英语老师说:"老师,您真漂亮,我要是像您一样该多好。"话刚一出口,小美就自卑地低下了头。

老师看着她,慢慢地对她说:"小美,你知道吗?你在拿到试卷的时候,你在给其他学生讲题的时候也很美,不仅仅因为智慧,还因为你的自信,可惜,你没有常常把自信带在身上。"

"把自信带在身上?"小美反复在心中默念这句话。

"对,把自信带在身上。"英语老师似乎读出了小美的心里话。

这句话就像一阵风吹醒了她。从那以后,小美每天都记得把自信带在身上。

自信的小美,轻而易举地考上了重点大学。在大学当中,由于自信,她渐渐地敢于跟别人交往,敢于当面表达自己的观点。她的声音很好听,在大学被同学推荐为校园广播站的主持人。由于工作优秀又被选举为学生会主席。

大四,其他的同学还在为找工作而四处奔波的时候,小美已经收到了五家跨国企业的邀请。

工作三年,小美就已经是部门经理,她也是公司有史以来最年轻的部门经理。她的男朋友是一家知名汽车企业的副总,在一次约会时,男朋友对她说:"你左眼的胎记真漂亮,就像是一片绿叶挂在你的脸上。"小美笑了笑,她已经忘记了自己还有一块难看的胎记。

当别人问她怎么会如此优秀的时候,她总是说,高中一位漂亮的女老师用一句话改变了她,这句话就是——"把自信带在身上"。

自信加油站

史宪军

　　在生活中,任何一个人都有这样那样的不足,如果因此而陷入自卑,因此而否定自己,就很难找到正确的人生航向,陷入失败的危机。带着自信,忽略不足,擦亮眼睛,挖掘潜力,寻觅优点,发挥特长,这样才能找到通往成功的桥梁。

纸篓里的老鼠　王 悦

> 多年以后,他才知道小老鼠不是意外掉进纸篓的,而是本尼迪斯太太特地请来的"助手"。

史蒂夫·莫里斯出生在美国密歇根州的萨吉诺城,幼年随父母搬到底特律。他和班上的同学比,很"特殊",因为他双目失明。对于一个9岁的孩子来说,"特殊"意味着被嘲笑,被冷落。小史蒂夫一度生活在重重自卑中,直到他遇见了本尼迪斯太太。

在史蒂夫记忆中,小学老师本尼迪斯太太是颗永不消逝的启明星。她让史蒂夫发现了自己的天赋,教他勇于做个与众不同的人。本尼迪斯太太无疑是个睿智的人,她意识到光靠说教没法让 9 岁的顽童理解深奥的人生哲理。于是,她请来了一个"助手"。在"助手"的帮助下,女教师给史蒂夫上了一节难忘的人生课。他生命的乐章从此奏响。

故事发生在一间狭小的教室里。本尼迪斯太太正准备上课:"安静,大家坐好,打开你们的历史书……"小学生们不安分地在凳子上扭动着,多数心不在焉。只有小史蒂夫默默无语。上堂课是体育课,孩子们刚从操场上回来,多数人还惦记着玩过的游戏,当然还有史蒂夫的洋相。

"今天天气真棒,我知道你们宁愿在外面玩游戏,"女教师脸上露出微笑,"可是如果不学习,你们就只能一辈子做游戏。"

"安妮,"老师提问,"亚伯拉罕 · 林肯是什么人?"

安妮局促地低下头:"……他……他有大胡子。"教室里爆发出一阵笑声。

"史蒂夫,你来回答这个问题。"本尼迪斯太太说。

"林肯先生是美国第 16 任总统。"史蒂夫的回答清晰准确,毫不犹豫。他一向是个优等生,但学习好无法减弱史蒂夫的自卑感。除非意识到自己具有得天独厚的才能,否则史蒂夫将永远生活在自怨自艾中。

"回答正确,"本尼迪斯太太满意地说,"亚伯拉罕·林肯是我国第 16 任总统,南北战争就发生在那个时候……"话讲了一半,她突然停下来,做出倾听的样子,好像听见了什么异常的动静,"是谁在发怪声?"

小学生们莫名其妙地东张西望,只有史蒂夫没动。

"我听见一个微弱的声音,是抓挠的声音,"本尼迪斯太太神秘地低语，"听起来像……像是只老鼠！"教室里顿时乱作一团，女同学尖叫起来，胆小的孩子爬上课桌。

"镇静，大家镇静，"老师大声说，"谁能帮我找到它？可怜的小老鼠一定吓坏了。"孩子们乱嚷一气："讲台下面"，"窗帘后面"，"安妮的书桌里"……

"史蒂夫，你能帮我吗？"老师向静静地坐在座位上的史蒂夫求助。

"OK."小家伙回答，他挺了挺腰板，脸上闪着自信的光芒。"请大家保持安静！史蒂夫在工作。"本尼迪斯太太示意大家肃静，小教室里很快鸦雀无声。史蒂夫歪着头，屏息凝神，手慢慢指向墙角的废纸篓："它在那儿，我能听到。"

一点儿没错，本尼迪斯太太果然在纸篓里找到了那只小老鼠，它正躲在废纸底下，瑟瑟发抖，结果被听觉异常敏锐的史蒂夫发现了。历史课重新开始，一切恢复原状。但史蒂夫变了，一颗自信的种子开始在这个黑人盲童的心里生根发芽，渐渐驱散了他的自卑感。每当心情低落时，他便想起那只纸篓里的小老鼠。直到多年以后，他才知道小老鼠不是意外掉进纸篓的，而是本尼迪斯太太特地请来的"助手"。

今天，我们更熟悉史蒂夫的艺名——斯蒂维·旺德尔。他的与众不同带给我们无尽的享受。旺德尔集歌手、作曲家和演奏家于一身，摘取过22项"格莱美大奖"，有7张专辑打入美国流行音乐金榜，获得美国音乐世纪成就奖，入选"摇滚名人殿堂"……这些都是因为曾经有只小老鼠"意外"掉进了纸篓。（斯蒂维·旺德尔刚刚出生时，由于医院保暖箱里的氧气过量而双目失明。）

自信就像一根支柱,能够支撑起精神的广袤天空;自信又像是一片阳光,能驱散迷失者眼前的阴影。如果没有本尼迪斯太太用她的爱和智慧唤起了一个盲童的自信,那么这个世界也许会少了一个精彩的奇迹。大胆地相信自己吧,你也能像史蒂夫一样活得精彩。

设法从自卑走向自信  佚 名

> 如果能正确地对待心里的自卑,一定能靠着自己的力量,获得别人真正的肯定。

法国著名的化学家维克多·格林尼亚是一个超越自卑走向成功的典型例子。

格林尼亚出生在一个非常富裕的家庭,从小就养成了游手好闲的生活态度,总是挥金如土、盛气凌人,但是在他 21 岁的时候,却遭受了一次严重的打击。

在一次宴会上,他遇见了一位年轻美貌的巴黎女郎,而且对她一见钟情。于是,他仗着自己长相英俊而且有钱有势,便走上前去同她搭讪。

没想到,这位女郎却冷冰冰地对他说:"先生,请你站远一点,我最讨厌被花花公子挡住视线了。"

这让格林尼亚羞愧不已,对很多人来说,或许这只不过是被一

个高傲的女孩拒绝而已，但是，对娇生惯养的格林尼亚来说，却是一次严重的打击。

经过这次事件之后，他决定离开家乡。于是一个人来到里昂，并且隐姓埋名，整天只待在图书馆和实验室里做研究。经过菲利普·巴尔教授的指导，再加上不懈努力，他终于发明了格式试剂，而且发表了两百多篇学术论文。

1912年，瑞典皇家科学院授予他诺贝尔化学奖。维克多·格林尼亚反省说："因为从小家境很好，每当自己有任何好成绩时，家人都会视为理所当然，而其他人则认为那是因为我的家境好，从来都没有人会认为是我自己的努力。渐渐地，我对自己越来越没有信心，不知不觉开始自卑起来，总是拿着家里的富裕来满足自己。直到女孩的那句话，我才发现自己是多么让人讨厌，甚至连自己也厌恶自己。后来我仔细反省，终于了解到，如果能正确地对待心里的自卑，我一定能靠着自己的力量，获得别人真正的肯定。"

自信加油站

有些人很有钱，但实际上他们依旧"贫穷"，更穷的是那些依靠祖上和父辈余荫的人，看似潇洒实则自卑。一位女孩唤醒了一个这样的年轻人，并使他离开娇生惯养的环境，力争做个自食其力的人。如果没有这位女孩，世界是不是少个诺贝尔奖得主并不重要，重要的是世界就此少了一个自食其力、真正对自己有信心的人。

贾珺

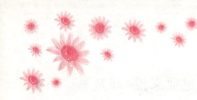

淡紫色的伞

> ◎ 老玉米

生命中那些让人自卑的障碍并非不可逾越,当我们有了自信的自我暗示之后,很多事情都会改变。

这个女人很孤独。孤独是因为自卑。双眸黯淡,塌鼻梁,没有光泽的嘴唇。每次她在镜中看自己,犹如白绢纸上垂死的蝴蝶扇动着翅膀,总是黯然收场。

她不会打扮自己,只是拼命工作,晚上加班到很晚。她总是一个人来,一个人走,因为太早和太晚,都不用在办公大楼里面对熙熙攘攘的人群。

那天,又剩下她一个人,忙完了工作坐在椅子里发呆,突然惊觉外面下起了大雨,她有些凄冷的落寞感。周围很安静,走廊里响过一阵脚步,隐约传来塑料桶和簸箕的拖动声,连勤杂工都下班了。她深深叹一口气,准备冒雨赶回住所。

她打开办公室的门,正准备关灯离开,突然看到门边靠着一把淡紫色的伞。淡淡的光泽像一抹唇膏,伞上用透明胶布贴着一张小纸片,下次下雨记得带伞。这伞,竟是为她准备的。因为这时已经没有其他人了,她最喜欢的颜色,便是这淡如唇膏的紫色。

她撑着伞,慢慢穿过城市。大雨从头顶黑色的夜幕中倾泻而下,落在她心里,竟有了说不尽的温暖和感动。于是从那一刻起,她有了一个秘密。时常忍不住猜测——站在秘密另一端的人,是谁? 那个人，一定在默默关注她，了解她的生活规律和喜好，甚至，了解她的孤独。她忽然有了一丝慌乱和羞怯。

她在唇上涂一层淡淡的紫色唇膏，淡得像一抹思绪，只有自己看得懂。她并不是很丑的女人，一旦学会微笑，骨子里散发的书卷气便在脸上漫起知性的光辉。

她的工作业绩更出色了，有人开始说，其实她才貌双全，气质独特，静得像古代的淑女。也有男人约她，送她礼物，而这些，都不如那把淡紫色的小伞，在一个最寂寞、最幽怨的雨夜，带给她的温暖和自信。

后来她嫁人，出国。

没有人知道，在那个雨夜，大楼的老勤杂工在收拾走廊时，顺手把准备拿给孙女的伞放在一间办公室门口，等他回来取时，伞没有了，他怀疑自己记错了地方。

那个老勤杂工永远不会了解，一个女人在一瞬间得到的安慰和感动，即使她后来知道了伞的真正来历，但她已经学会了在生活中变得自信。那把仿佛来自天堂的小伞让她明白，生命中那些让人自卑的障碍并非不可逾越，当我们有了自信的自我暗示之后，很多事情都会改变。

自信加油站

淡紫色的小伞，在一个雨天改变了一个女人对生活的态度。她的容颜没有任何改变，变了的是她的心境。因为她不再自卑，于是生活添了几分快乐，工作也添了几分乐趣——谁说幸福一定是粉色的？谁说希望一定是蓝色的？只要有自信，我们的生活就一定是色彩斑斓的。

贾珺

克服不利条件 佚 名

不管我们的个性是坚强还是脆弱,如果没有坚持
到底的信念,也许我们注定无法成功。

　　雷格是在布鲁克林长大的,那时他胆小,而且说起话来口吃得
厉害,他最怕被老师叫起来当着全班同学的面说话。有时,雷格为
了避免上课时老师叫到自己,就逃学。每逢躲不开的时候,他就背
对全班站着朗读,同学们常常取笑他。

　　雷格真正得到解脱是在 15 岁的时候。那时正赶上家里经济困
难,他不得不辍学,在曼哈顿地区帮父亲和叔叔把服装和鞋送到顾
客家里去。他们不给雷格工钱,但是干那种跑腿的差事改变了他的
生活道路。

　　起初,雷格对歌剧还只是有点爱好——这主要是受妈妈的影
响。雷格的妈妈是一个业余歌手,她的嗓音优美,听到雷格在家里
唱歌,她就带他去拜见一位声乐老师。这位声乐老师的工作室就在
大都会歌剧院里。雷格心里充满了对他的敬畏。他们交不起学费,
但是老师同意靠奖学金教雷格唱歌。

　　雷格利用午餐的时间,手里抱着一大堆鞋盒和衣物去上课,或
是干完了活去上课。那时雷格已经累得精疲力竭。他和妈妈都没
有把上课的事告诉父亲,因为他们知道他是不会理解的。

　　一天,上完课后雷格回家晚了,父亲要知道他为什么这么晚才回家。

　　雷格不能再保密了，他忍不住，就把上声乐课的事告诉了父亲。虽然父亲不知道什么是声乐课，但他没有阻止雷格。

　　这以后不久，一天雷格去第 57 街送货的时候，看见在斯坦韦大厅前围着一群人。原来是艾迪罗恩迪山旅游胜地的斯卡鲁恩庄园要招收一名暑假帮工，这里正在进行面试。

　　雷格唱了一首歌压倒了 40 多名对手，得到了这份工作。那时候他 18 岁，因为缺乏实际经验，雷格感到非常紧张。但是在工作中，他什么活都得干，所以这种紧张感很快就消失了。女声合唱队唱歌的时候，他给他们伴唱。他同时还为一个名叫斯克尔顿的青年喜剧演员当助手。第一次听到观众的掌声时，雷格就知道自己这条路是走对了。

　　连雷格自己都不敢相信，他一上台演唱，口吃就消失了。每次站到一批新的观众面前，他的自信心就得到进一步加强，胆怯也随之消失。他学到的最重要的东西是：使人变得软弱的不利条件是有可能克服掉的。

　　如果那天雷格没去送货，他就永远不会遇上那次面试，他就不会有那第一次转机。

　　不管我们的个性是坚强还是脆弱，如果没有坚持到底的信念，也许我们注定无法成功。想要一个不同寻常的人生，就必须下定决心，克服困难和弱点，并且怀有在千百次的挫折和失败之后到达彼岸的信心。

——史宪军

每一个生命都是美丽的 ◎矫友田

每一个生命都是美丽的,你也一样。我愿你是我的女儿!

有一个小女孩,她一出生时,就是一个"豁嘴"。她懂事之后,时常为自己的残疾而感到自卑和痛苦。她从来不敢守着人照镜子,而且很少主动开口跟别人说话。

上学之后,她看着那些活泼可爱、笑语满声的同学,愈加自惭形秽。因此,她的性情也愈加变得胆怯和孤寂。在上课的时候,她从来不举手发言。甚至面对老师的提问,她也总是以沉默来响应。其实,她的心中已有正确的答案,但是,她担心自己不清楚的发音,会引起同学们的嘲笑。

在下课的时候,她也总是静悄悄地坐在一角,看别的同学在一起嬉戏、打闹。偶尔,有一些喜欢恶作剧的男生,会逗她,说她是一只"小兔子"。然后,他们会问她嘴唇上的裂痕是怎么长的。

此时,她会羞得无地自容,满面赤红;尔后,她会用含糊不清的语音对他们撒谎说:"这是小时候,我不小心摔倒,被一块玻璃划破的——"

无论如何,说是由于事故造成的创伤,要比天生就跟别人不一样对她来说更容易接受些。她也深信,除了她的家人,再没有一个人会喜欢她这个缺唇、歪牙的"丑陋"女孩。

那是在升入中学之后,她越发变得忧郁和痛苦。在这个花季的年龄里,她丝毫没有感觉到成长的快乐。她一直认为,自己在别人面前是一个奇形怪状的"怪物"。而且,在她一个人偷偷落泪的时候,经常会有一种自杀的恶念在折磨着她。

自然,那些同学也极少跟神情冰冷、性格怪僻的她交往。新调来的班主任姓王,兼他们语文课的老师。王老师是一位身材微胖,待人慈善可亲的中年女士。

尽管在课堂上,她还是以沉默来响应王老师的提问。但是,王老师的脸上没有流露出丝毫不耐烦,或不屑的神色。

王老师还经常单独找她谈话,鼓励她从内心的阴影里走出来,多与同学交往,在课堂上多锻炼发言。她的心里,对王老师充满了感激。

那是一堂作文课,王老师给学生们布置的作文题目是"我的心愿——"。也许是这个题目触及了她压抑已久的思绪;也许是王老师对她的鼓励,使她的内心不再有那么多的隔阂;这一篇作文她写得很真切,把心中的苦闷和梦想全都吐露出来。在作文的最后一段,她如此写到:"如果命运之神,能够赐给我一副完整的面孔。哪怕只有一天,让我用自己的美丽来面对生活,我也会毫不犹豫地选择用生命来交换!"

在下一堂作文课时,她心怀忐忑地从语文课代表手中接过了作文本。她猜测不出来,王老师会用一种什么样的眼光来评价她的作文。当她打开作文本之后,惊喜地发现自己的作文竟得了满分。只是最后那一段,被王老师用红笔重重地画掉了。

而在下面,被王老师加上了这么两句:"每一个生命都是美丽的,你也一样。我愿你是我的女儿!"

抑制不住的泪水,从她眼中夺眶而出。当她偷偷拭掉眼泪,抬头看时,王老师正用一种鼓励的眼神注视着她。

就在这节作文课上,她的那篇作文被当做范文,并由她亲自站在讲台上诵读了一遍。尽管她的声音仍不清晰,但是当她读完最后一句时,课堂上响起了雷鸣般的掌声,经久不息。此时,她失声哭了起来,面对所有的同学,她毫无遮掩。

就从那一天起,她好像完全变成了另外一个人。她开始主动和同学们交往,在下课时,像他们一样快乐地嬉戏;在课堂上,她也总是抢着举手发言。

她也不再惧怕照镜子。甚至,她还笑着跟一些同学开玩笑说:"从此,我要变成一只开心快乐的'小兔子'。"

一些同学不解她的话语,她则用手指一指自己的裂唇。同学们都被她自我调侃的幽默给逗乐了。

后来,她以优异的成绩被一所有名的服装设计专业的大学录取。在大学毕业之后,她毅然与两位同学合伙创办了一家服装加工店。经过几年的艰苦打拼,她们的服装店现在已经变成了一家固定资产超过 600 万的服饰公司,并由她出任公司总经理。

但无论生活怎么变化,在她日记的扉页上,始终写着那一句话:"每一个生命都是美丽的,你也一样。我愿你是我的女儿!"

自信加油站

带着我们的自信心上路,每一个生命都可以活出自己的精彩。因为对于我们来说,最重要的不是我们的外貌如何,家境如何,而是我们所为之努力的方向在哪里。心中有目标,并且用自信去实现梦想,我们也会拥有美丽的人生。

史宪军

在缺陷中寻觅自信 ◎宋艺涛

> 我们有了积极进取的可贵心态,能把不幸当做上帝的馈赠来享用,就能从缺陷中寻觅成功。

美国加州有一位农民,花了很多钱买下一块土地,但是这块土地贫瘠得种不成任何农作物,他的心情变得很沮丧。有一天,他突然发现在矮灌木丛中竟然藏着许多响尾蛇。他灵机一动,决定在这块恶劣的土地上大量饲养响尾蛇,生产响尾蛇罐头;又将蛇的毒液大量提取出来作为血清销售。结果证明,他的生意好极了。后来,他又把自己的农场开发成专供探险和观光的旅游基地,引来了世界各地的游客。农夫所购买的土地,贫瘠的缺陷并没有改变,改变的是农夫自己。

1972 年,新加坡旅游局给总理李光耀打了一份报告,大意是说:"我们新加坡不像埃及有金字塔,不像中国有长城,不像日本有富士山,我们除了一年四季直射的阳光,什么名胜古迹都没有。要发展旅游事业,实在是巧妇难为无米之炊。"李光耀看过报告,非常气愤。据说,他在报告上批了这一行字:"你想让上帝给我们多少东西? 阳光,阳光就够了!"后来,新加坡利用那一年四季直射的阳光,种花植草,在很短的时间里,发展成为世界上著名的"花园城市",旅游业得到空前发展。

有一个小男孩,原本是练芭蕾的。在一次舞蹈训练中不幸颈部受伤,此后,他就像棵歪脖杨树似的,如果再练芭蕾定是尴尬无比。若干年以后的同学聚会中,大家惊奇地发现,他已经成为某著名乐团里的第一小提琴手。以歪脖姿势拉小提琴,不再是缺陷,那犹如玉树临风的姿容,有一种震撼心灵的美丽。问起他成功的秘诀时,他说,正因为颈部受过伤,练琴时也就没有其他人的不适感,他感觉这样的姿势正好适合自己,练琴的时间也比别人更长,更用心。久而久之,他就成了团里的"台柱子"。

也许你曾抱怨上帝的不公,让自身有了这样那样的缺陷。但如果我们有了积极进取的可贵心态,能把不幸当做上帝的馈赠来享用,就能从缺陷中寻觅成功。相信你也行!

自信加油站

　　每个人都有自己的长处,每件事物也都有它独特的价值所在。重要的是,我们要用心去发掘自己的潜能,将自己的优势发挥到最佳状态。用勤奋耕耘,用自信灌溉,我们的人生土地上会收获丰盛的果实。

史宪军

自信是快乐的源泉　张建莉

　　美丽的内心和美丽的外表同样重要,发自内心的自信才是快乐的源泉。

　　前两天接到一位名叫玲玲的读者来信,说出了她埋藏了20多年的心结。她在信中说:"13岁那年,有一天我照镜子突然发现光润的脸蛋上长了 3 个黑点点,就犹如白白的墙上抹了一片黑,左看右看都不舒服,那一刻我觉得自己是世界上最难看最不幸的女孩。我使劲搓啊搓,直到把脸搓得通红通红,火辣辣的疼,那些斑点还是没去掉,我气急败坏地哭了一回又一回。有一天,我突发奇想,狠着心拿着针对着镜子挑,强忍着剧痛,看着血从脸上流下来,我天真地认为伤疤脱落后就是一张干净好看的脸了。妈妈问时我撒谎说是因为脸痒挠的。那天夜里我美美地睡着了,我梦见我的脸变得好白好美,从此我有了开心的笑容。没想到等我拿起镜子时又傻眼了!斑没小反而更大了,疤痕更明显了!我彻底绝望了!以后的几年里我都是带着羞涩和自卑度过的。

初中时一个男同学附在我耳边说他爱我,我觉得他是在嘲笑我,被我狠狠地骂了回去。直到丈夫娶了我,我仍觉得他当初看中我是一时疏忽和大意,甚至害怕他发现了而抛弃我。我每天对他装作很温柔,用增白粉蜜把脸遮了又遮。我不知道有一天丈夫会不会嫌弃我,一想到这我就害怕,整天恍恍惚惚的,提不起精神来……"

玲玲的心事让我想起我过去的心结:小时候,伙伴们笑话我的脚大,我就让妈妈买号码小一点的鞋穿,然后拼命往里挤,结果长大后,脚已经变形了。再大一些时,可能因我发育比较早的缘故,刚上初中个头就蹿到 1.66 米,体重也比同龄人超出很多,在女生当中很显眼。于是,夏天我忍受着酷暑,穿着长裤,怕别人笑话我腿粗;从不敢穿很鲜艳的衣服,担心会在人群中惹人注意;很在意别人的眼神和话语,生怕对方用异样的眼光看我……

总之,有一阵子,我活在战战兢兢和极不自然当中。直到有一天早上,和姐姐一起洗漱时,姐姐摸着我的脸笑着夸我说:"你的脸像凝脂似的,多美啊!根本不用搽什么护肤品。"然后拉着我的胳膊转了一圈说:"你的身材长得多匀称啊!"望着她羡慕的眼神我惊诧地问:"你没说反话吧?"她说:"怎么会呢,这是事实呀!"当时我好激动,再重新站到镜子前打量自己时,发现一个完全不同的我了!这时我才知道不是人的外表有什么翻天覆地的变化,只是人的心情变化了而已。我穿上漂亮的裙子,发现并不是想象的那样臃肿不堪,看来那么多年只是自卑的心理在作祟,捣鬼,是因为自己缺少自信心,没有正视自己。

让我彻底改变看法的是一次偶遇。那天走在街上,迎面走来一位微笑的红裙少女,当女孩走近时我发现她的脸上有一大片烧伤的疤痕,很醒目,可是她的笑容那样灿烂坦然。她化着淡妆,头发梳得一丝不乱,浑身上下都透着一股活力。那一刻我再也抑制不住,眼泪夺眶而出,为她的自信更为自己的释然。我把背负了十几年的思想包袱抛出好远,好远,从此不再为自己设置的心理障碍而左顾右盼,迷茫困惑。世界上只有一个独特的我,是快乐还是忧愁全在自己的选择,美丽的内心和美丽的外表同样重要,发自内心的自信才是快乐的源泉。

自信加油站

不管我们自身有什么不足,都要明白一点:这个世界没有绝对完美的人。如果连我们自己都没有足够的信心,又怎么可能取得别人的信任?只有相信自己的人,才能让别人信服。所以,认真发现自己,充分相信自己,才能赢得尊重和幸福。

史宪军

第 **2** 辑

你能够做到

　　你很棒！试得很好！再试一次！尽你最大的努力！绝不放弃！我为你感到自豪！这是许多美国父母经常对子女说的话，孩子们的自信心和奋斗精神，就是这样被培养出来的。

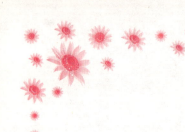

奖励一个笑容 沈 湘

妈妈,您能奖励我一个笑容吗?我都好久没有看到您笑了。

　　自从丈夫死于空难后,琳达就得改变职业主妇的身份,而进入职场了。她的儿子卡奈尔已经 5 岁,而她也在家待了 6 年。对于整整 6 年时间没有外出工作过的琳达来说,要想重操旧业,几乎是不可能的了。因为作为一名 6 年时间没有动过笔和电脑的会计,已没有哪家公司愿意接受。

　　最终,她找到了一份接电话的文员工作,那还是她 10 多年前刚参加工作时干的活。她苦笑了一下,兜了一圈,又兜了回来。但她还是接受了,并且比 10 多年前干得还要卖力。可是,这份工作的薪金根本就满足不了她跟儿子的开销。她不知道自己能否挺得过去。

　　每天她一边计算着怎样将日子过好,一边向丈夫祈祷,希望他能保佑她和儿子早日走出困境。突然有一天,公司的人事文员通知琳达去财会部上班。原来,公司的总经理是琳达丈夫的生前好友,当得知琳达的情况后,决定让她重操旧业。

　　惊喜之后,当天晚上,琳达买了很多好吃的回到家里。琳达问卡奈尔:"希望得到妈妈的什么奖励?"卡奈尔黯淡的眼神里突然闪烁出了欢欣的光芒:"真的吗,妈妈? 您真的愿意给我奖励吗?"琳达究竟有多长时间没有奖励过卡奈尔任何东西了,她自己都不知道。现在,只要他想要的,她一定会尽量满足他的要求:"是的,卡奈尔,妈妈马上就会赚来很多钱,只要你想要的,想吃的,妈妈都可以满足你!"

卡奈尔并没有像琳达想象的那样,要求妈妈买一套皮尔·卡丹运动服,或是去高级餐厅吃牛排,而是喏嗫着说:"妈妈,您能奖励我一个笑容吗? 我都好久没有看到您笑了,卡奈尔现在什么都不想要,就想要您的一个笑容。"琳达的眼泪不由自主地流了下来,她猛地将卡奈尔搂进怀里,说:"好,好,妈妈一定给你一个笑容……"

顿时阵阵愧疚涌遍了琳达的全身。是的,这么多天来,她只知道四处寻工,想让儿子过上好日子,却忽略了卡奈尔真正需要的是妈妈有一颗对生活充满自信的心啊!从此,每天早晨和晚上,琳达都会送给卡奈尔一个甜甜的笑容。

自信加油站

妈妈的笑容就像雨后的彩虹,那么温暖,那么绚烂。那笑容的感染力有多强大,只有在心中激起惊涛的我们最为了解。微笑,来自对生活的自信,来自对人生的肯定,来自对周围一切的赞赏……让我们每天露出自信的笑容吧,生活就在微笑中,等待我们去拥抱……

史宪军

自信的来源　○徐向红

这位小女孩为什么会如此可爱，如此聪明，如此自信，我想，这一切都是源于有一个很爱她的妈妈。

一位年轻的妈妈，想让女儿跟我学钢琴。她在介绍她女儿的时候，得意之情溢于言表。她说她女儿如何如何聪明，如何如何漂亮，如何如何可爱，反正，在她眼里，她的女儿是很完美的。直至她带她女儿跟我见面，我才发现她女儿跟她描述的，及我所想象的模样差别太大。那小女孩高高瘦瘦，皮肤很黑，单眼皮，小眼睛，粗眉毛，头发稀黄，一摸手指硬邦邦的。总之，在我看来没有一个地方与漂亮沾边。说实在的，我很失望。不过，那小女孩倒是很开朗，一点都不怕生，对我弹过一遍的曲子都能摸下来，尽管指法错误，手型难看。

在她母亲的诚恳要求下，我答应让她女儿学一段时间试试。经过一段时间的学习，小女孩进步很大。我发现，她的领悟力很强，而且记忆力特好，每首曲子弹过一两遍都能记住。最让我欣赏的，是她很开朗，很自信。我渐渐觉得，她很可爱。当她再坐在那里弹琴的时候，我有时会在一旁细细端详她，我觉得她原来没有那么难看：她的黑皮肤很健康，她的小眼睛很有味道，她弹琴的手指也没那么僵硬了……我想，说不定她长大了会变成一只白天鹅。

新年的时候，我收到了她妈妈寄来的一张贺卡。翻开精美的封面，里面有她妈妈密密麻麻的字，我认真地看了一遍。小女孩的妈妈在贺卡里又把她的女儿着实夸奖了一遍,说她女儿每次从我这里回去都是怎样地高兴,最后她当然把功劳都归于我。捧着贺卡,心里好温暖,同时莫名地感动。我真羡慕这位小女孩有这么优秀的一位妈妈!我明白了,这位小女孩为什么会如此可爱,如此聪明,如此自信,我想,这一切都是源于有一个很爱她的妈妈。

自信加油站

小女孩的确幸运,本来普普通通的她,在妈妈由衷的欣赏和浓郁的爱中,她心中自信的种子生根发芽,变得那么优秀不凡。当我们承受了如此的欣赏与感动,又怎能不自信,不勇敢呢?如果你也拥有这份自信和勇敢,请把这份欣赏和感动也带给那些自卑的人吧。

史宪军

种 植 自 信 ❯佚 名

> 我看到爷爷的自信之种又重新播种在我女儿的生活里,这才是最大的奇迹。

8月一个安静的下午,我和妻子南希正忙碌着整理一个个的包裹,我们刚搬到法国,决定将我们租来的房子弄成像模像样的家。我们的脚边坐着3岁的女儿克莱尔,她在哗哗地翻着书页。"你给我读这个。"克莱尔突然把一本书递到我眼前。我看了一眼,退色的书皮上印着"趣味法语"。我的爷爷从小说的是法语,当我还是小孩的时候,他送给了我这本书。

克莱尔正指着书上的一行字,书上印着"你知道怎样种卷心菜吗",有人用蓝色的钢笔把卷心菜画去,写上了"西瓜"取而代之。"爸爸,是你画的吗?"克莱尔抬起头吃惊地看着我。我们最近才教会她不要在书上乱写乱画,这会儿她突然发现原来爸爸妈妈自己也乱写乱画。我告诉她这是我的爷爷写的。

"爸爸",克莱尔有些弄不明白了,"爷爷为什么这么做呢?"我的思绪随着这个问题回到了儿时住在内布拉斯加的日子,决定给克莱尔讲讲这个故事。

爷爷曾是一个前程似锦的年轻人——起初是个农夫,后来做了教师,然后是股票经纪人,26岁那年他当选了内布拉斯加州的参议员。他人生的轨迹一直是青云直上,直到44岁那年一次严重的中风。打那以后,爷爷的路开始坎坷不平。但是死神留在爷爷身上的擦痕并没有使他怨恨生活,相反,他觉得生活更加弥足珍贵了。爷爷对生活的热情,使他成了我和弟弟维基争相抢夺的玩伴。

"长大后我也要做一个农夫。"一天下午在爷爷的书桌前,我骄傲地宣布道。

"哦?那你想种什么呢?"爷爷问。

突然,我想起了自己喜爱的游戏,比谁能将西瓜籽吐得更远,就说:"种西瓜吧。"

"我们现在就开始种吧。"我从椅子上一跃而起,"首先应该干什么呢?"

爷爷说,首先需要种子。我记起了玛丽姑姑家的冰箱里有一块西瓜,我二话没说,冲出门,穿过院子,跑到她家。不一会儿,手里握着5颗西瓜籽回来了。

爷爷建议在房后一块有阳光的地上种西瓜。我挑选了一处能一眼就看到西瓜苗壮成长的地方。我们走到一棵大橡树的树荫下,

"爷爷,就种这儿!"我想我可以背靠着树,拿一本小人书,边看书边等着我的西瓜长大。一切都美妙极了!

"到车库去把锄头拿来。"爷爷说。然后他告诉我该怎样把地锄松,接着又将5颗种子呈半圆形有秩序地种下:"不能让它们太挤了,得给它们足够的生长空间。"爷爷说。

"再然后呢?"

"然后就是最艰难的部分——耐心等待。"

于是整个下午我都在等。每隔一个小时,我都会去看看我的西瓜,每一次我都会给种子浇浇水。真是难以相信,到了吃晚饭的时候它们还没有发芽,而那块地已是湿漉漉泥乎乎的一片了。我不耐烦地问爷爷究竟要等多久。

"也许要等到下个月吧。"过一会儿他又笑了,说,"也许也没那么久。"

第二天早上,我懒洋洋地躺在床上看着小人书。忽然,我记起了西瓜种子,便飞快地穿好衣服,跑到门外。天哪,那是什么?我迷惑地盯着橡树底下的那个东西,好半天才回过神来——西瓜!湿漉漉的泥地上躺着一个硕大的西瓜!我洋洋得意起来。哇喔!我是一个农夫啦!这是我见过的最大的西瓜,而且——这是我种的。

这时,爷爷从屋里走了出来:"康拉德,你选了一个不错的地儿。"爷爷呵呵地笑着。

早饭后,我们把西瓜搬上爷爷的卡车,开车去镇上。爷爷要向他的好友展示他孙子的"一夜奇迹",他们的称赞让我觉得骄傲极了。

几天后,爸爸妈妈来接我和弟弟回弗吉尼亚上学。爷爷从窗口递来一本书。"回去后认真读读。"他一本正经地说。几小时后,我翻到了这一页——看到爷爷把"卷心菜"画去,大大地写上了"西瓜"。我会意地大笑起来。

克莱尔静静地听我讲着故事,突然发问道:"爸爸,我现在也可以种点什么吗?"我看着堆成山还未整理的箱子,正准备说"我们明天再种",突然意识到爷爷从未说过类似的话。我们立刻启程去菜市场。在一家小店里,克莱尔挑了一包能长出红色和黄色花朵的种子。我还买了一包盆栽土壤。

回家的路上,我又回想起"我种出的西瓜"。我第一次体会到:对于我的热情,爷爷原本可以拿出诸多理由不予理会——比如,西瓜不适合在内布拉斯加生长,已经错过了播种的季节,在阴地根本就长不出西瓜,等等。但是,爷爷并没有用这些无趣的种植常识来搪塞我,相反,他给了我一次自信的经历。

克莱尔三步并做两步跑回屋里,搭了张椅子站在厨房的水池前,往一个白瓷花盆里装土。当我往女儿摊开的手掌里放种子时,我才恍然大悟:爷爷当年为了我付出了多大的努力——那个8月的下午,他偷偷地跑到镇上,买回了最大的西瓜。那天晚上,等我睡着以后,他又一瘸一拐地把西瓜从卡车上弄下来,费力地弯下腰,放在我的种子上面。

几天后的一个清早,女儿的叫喊声把我们吵醒了,她兴奋地指着一盆绿苗,骄傲地说:"爸爸妈妈,我是一个小农夫啦!"

我曾一直把我的"一夜奇迹"当做是爷爷开过的众多玩笑之一。现在,我明白了:这是爷爷赠予我的众多礼物之一。是自信支撑着他瘸跛的双腿顽强地生活下去,他也把这颗种子播在了我幼小的心灵深处,使我学会无视前进途中的任何阻碍。

克莱尔的脸上洋溢着得意的神色,我看到爷爷的自信之种又重新播种在我女儿的生活里,这才是最大的奇迹。

自信加油站

自信恰恰就像一颗小小的种子,谁能把它深深根植于心中,谁的心就会发出勇敢的小芽,长出勇气的叶子,开出希望的鲜花。感恩家人,因为他们常常是帮我们播撒自信种子的人。当自信的种子长成参天大树时,我们的人生就会因自信而与众不同。

——史宪军

拾馒头的父亲 ▷邓 为

别人的歧视都是暂时的,男子汉,只要努力,别人有的,咱们自己也会有。

16岁那年,我考上了全县城最好的高中。听人说,考上这所学校就等于一只脚迈进了大学。父亲欣喜不已,千叮咛万嘱咐,希望我将来能考上大学。

恰巧这时我家在县城的一个亲戚要搬到省城去住,他们想让我父亲去帮忙照看一下房子,还给父亲建议说在县城养猪是条致富路子,因为县城人多,消费水平也高,肯定比农村卖的价钱好。父亲欣然答应,一来这确实是个好法子,二来在县城还可顺便照顾一下我。

等我在高中读了一个学期后,父亲在县城也垒好了猪圈,买来了猪崽。我平时在学校住宿,星期六的时候就去父亲那儿过夜,帮父亲照料一下小猪,好让父亲腾出时间回家去推饲料。

猪渐渐长大起来,家里的饲料早已吃了个精光,亲戚送给我们家的饲料日趋减少。买饲料吧，又拿不出钱来，父亲整日显得忧心忡忡。

我也愁在眉上急在心里，但也一筹莫展。有天我去食堂打饭时，发现许多同学常常扔馒头倒饭菜，我突然想到，把这些东西拾起来喂猪不是挺好吗。

我回去跟父亲一说，父亲高兴得直拍大腿，说真是个好主意，第二天他就去拾馒头剩饭。

我为自己给父亲解决了一个难题而窃喜不已，却未发现这给我带来了无尽的烦恼。父亲那黑乎乎的头巾，脏兮兮的衣服，粗糙的手立时成为许多同学取笑的对象。他们把诸如"丐帮帮主""黑橡胶"等侮辱性的绰号都加在了父亲头上。

我是一个山村里走出来的孩子，我不怕条件艰苦，不怕跌倒疼痛，却害怕别人的歧视。好在同学们都还不知道那是我的父亲，我也尽量躲避着父亲，每到他来时，我就离得远远的。

但我内心害怕被别人识破和歧视的恐惧却日复一日地剧增。终于有天我对父亲说："爹，你就别去了，叫人家都知道了，会嘲笑我……"

父亲脸上的喜悦一下子消失了。在漆黑的夜里，只有父亲的烟锅一红一红的，良久父亲才说："我看还是去吧！不和你打招呼就是了。这些日子，正是猪长膘的时候，不能断了粮呀。"

我的泪就落下来了。对不起了父亲，我是真心爱你的，可你偏偏是在学校里拾馒头，我怕被别人看不起呀！

接下来的日子，父亲继续拾他的馒头，我默默地读书，相安无事。我常常看见父亲对着张贴成绩的布告栏发呆，好在我的成绩名列前茅，可以宽慰父亲的，我想。

1996 年的冬天，我期末考试成绩排在了年级前三名，而且还发表了许多文章,一下子"声名鹊起"。班里要开家长会,老师说,让你父亲来一趟。

我的心一下子就凉了,我不知别人知道那拾馒头人就是我父亲时会怎样嘲笑我。伴着满天风雪回到家,我对父亲说:"爹,你就别去了,我对老师说你有病……"

父亲的脸色很难看,但终究没说什么。

第二天,我挟着风雪冲到了学校,坐进了教室。家长会开始了,鼓掌声和欢笑声不断,我却一直蔫蔫呆呆,心里冰凉得厉害。父亲啊,你为何偏偏是一个农民,偏偏在我们学校拾馒头呢!

我无心听老师和家长的谈话,随意将目光投向窗外。天哪!父亲,我拾馒头的父亲正站在教室外面一丝不苟地聆听老师和家长们的谈话,他的黑棉袄上落满了厚厚的积雪。

我的眼泪就哗哗地流了下来。我冲出教室,将父亲拉进来,对老师说:"这是我爹。"教室里一下子掌声雷动……

回去的路上,父亲仍挑着他捡来的两桶馒头和饭菜。父亲说:"你其实没必要自卑,别人的歧视都是暂时的,男子汉,只要努力,别人有的,咱们自己也会有。"

以后,同学们再也没有取笑过父亲,而且都自觉地将剩饭菜倒进父亲的大铁桶里。1997年金秋九月,父亲送我来省城读大学。我们乡下人的打扮在绚丽缤纷的校园里显得那么扎眼,但我却心静如水,没有一丝怕被别人嘲笑的忧虑。我明白,在这个世界上,歧视总是难免的,关键是自己要看得起自己。正如父亲说的那样:别人的歧视都是暂时的,男子汉,只要努力,别人有的,咱们自己也会有。

当我们被人瞧不起时，自己一定要努力，一定要瞧得起自己。这是这位普通而伟大的父亲给我们的谆谆教导。无论何时何地，只要自己看得起自己，付出辛勤的汗水向着目标去努力，就没有人敢轻视我们，没有人能忽视我们非凡的勇气。

史宪军

比赛获胜的秘密 ▶佚 名

> 女儿照着妈妈的话做，脸上的绝望不见了，换来的是一片容光焕发。

有一位妈妈，她有一位读高中而且网球打得很好的女儿。有一年，学校举行网球联赛，女儿满怀着夺冠的希望，信心十足地报了名。

比赛前，当女儿查看赛程表时，她发现第一场的对手竟是曾经打败过自己的高手。于是，女儿感到很是沮丧，开始垂头丧气起来。"这次可能连预赛出线的机会也没有了，还说什么坐二望一啊！"

妈妈看见女儿如此绝望，自己的压力也很大。妈妈脑子一转，对女儿说："你想不想把那人打败报仇呢？"

"当然想呀，不过她上次把我打得很惨，我们的实力相差太远了。"

"我有一个方法，如果你照着我的话去做，你便能赢这场比赛。"

"真的吗？请妈妈快点告诉我好吗？"

"你现在闭上眼睛，回想以前你打网球时最精彩的一幕，把那过程从头到尾重演一次，好好地感受胜利的滋味。"

女儿照着妈妈的话做,脸上的绝望不见了,换来的是一片容光焕发。从此,女儿便天天照此调整自己的心态。

对比赛态度的改变,让她充满了信心和活力。不久,比赛开始了。女儿信心百倍地踏上球场,比赛中更是施展浑身解数,把对方打得落花流水,顺利地赢得了第一场比赛。比赛结束之后,女儿兴高采烈地冲向妈妈。妈妈说:"你打得很好呢!"

"全靠妈妈的指点。老实说,我最初听到时觉得有点怀疑,没想到那么有效!"女儿兴奋地说着。

在我们苦闷的时候,总有一双手在背后默默支撑着我们脆弱的心灵,那是爸爸妈妈的手。不管走到哪里,我们都无法忘记那鼓励的眼神,那默默无闻的手……给了我们无数勇气和信心的爸爸妈妈,将会陪我们走过人生的四季,走过一路的风风雨雨。永不言败,不轻易放弃,始终充满信心,是我们对他们最好的报答。

▶ 史宪军

其实,我也很棒　　▶ 孙盛起

坐在哪里并不重要,重要的是你要始终相信自己也是很棒的,只有这样,你才能够越来越棒!

最近烦心事不断。

那天课间休息时,我和同学在操场踢足球,不料一脚打了高射炮,把二楼一块窗户玻璃踢碎了。可想而知老师训我时的脸色有多难看,我受训时的心情有多委屈。随后月考时我的数学只得了83分,低于全班平均分1分,为此班主任对我双罚:罚站和请家长。第三件烦心事是以上两件的自然结果:我的座位又向后挪了一排。

我们学校有个"规矩",每班的座位分一二三等,学习好和守纪律的学生座位靠前,成绩差和调皮捣蛋的学生座位靠后。如今上到五年级,我已经被排挤到了倒数第三排,也就是说,在老师眼里我已经接近于一名"坏学生"了。这让我感到很没面子,很自卑。

赔偿玻璃不怕,两顿早饭不吃,玻璃钱就有了。怕的是请家长。老师已经催过我好几次,我都以爸爸出差妈妈倒班为由搪塞过去,可是这个问题总得解决,我不可能一直这样搪塞下去呀!

这天作文课上,老师留了一道题为《其实,我也很棒》的家庭作业。晚上,我抓耳挠腮地写作文时,忽然计上心来。

"爸爸,这篇作文我不知道怎么写,因为我实在不知道我棒在哪里。"我对爸爸说。

爸爸看了看作文题目,想了想说:"儿子,你棒的地方可太多了,你自己怎么就意识不到呢?比如你身体健康,活泼好动,一次能做30个俯卧撑,还是校足球队员,这,算不算很棒呢?"

"如果我踢足球把教室玻璃踢碎了呢?"我问。

"那是失误。马拉多纳把点球踢飞了,可他还是很棒!"

"如果我考试时粗心大意,成绩不好呢?"

"能意识到自己粗心大意,这不是很棒吗?说到学习,你喜欢语文,喜欢背唐诗宋词,现在肚子里起码装着上百首唐诗宋词了吧?这,算不算很棒呢?我看过你写在日记本上的小诗,虽然幼稚但别有一番滋味,我相信你这么大的孩子并不是每个人都能写诗的,这,算不算很棒呢?你最擅长的是画画,你们班的黑板报有几期就是你画的报花报头,这,算不算很棒呢?虽然你有些调皮,但你因此而想象力丰富而且敢想敢做,经常会有一些令人吃惊的想法和举动,这,算不算很棒呢?儿子,如果你足够自信,你还会发现自己有很多很棒的地方的。在爸爸眼里,你真的是很棒很棒!"

"如果我的座位越来越往后挪,已经接近'坏生'区了呢?"我又问。

爸爸的表情严肃起来,沉默了一会儿说:"学校这样做是不对的。不过,儿子,坐在哪里并不重要,重要的是你要始终相信自己也是很棒的,只有这样,你才能够越来越棒!"

爸爸的一席话把我的自卑感一扫而光。我呆呆地看着爸爸,觉得他也真是很棒很棒!

我很快就写完了作文,然后坦然地告诉爸爸请家长的事。

爸爸摸着我的头说:"我相信这种事以后会越来越少。"

自信加油站

生活中难免有些磕磕绊绊的不如意,但不要因为这些小事就否定自己。其实,每件事情从不同的角度看,都会有所不同。学会对自己说"我很棒",学会欣赏自己,我们就会发现生活可以更加美好,而成功也并不是多么难的事。

史宪军

5元钱的价值　　◎佚 名

就在这一次,他学习到了"捐"的意义,以及别人所不能"捐"到的自己独一无二的价值。

那一年,孙明不过八九岁。一天,他拿着一张筹款卡回家,很认真地对妈妈说:"学校要筹款,每个学生都要叫人捐钱。"

对小孩子来说，直接想到的挣钱的人就是自己的家长。

孙明的妈妈取出钱，交给他，然后在捐款卡上签名。孙明静静地看着妈妈签名，想说什么，却没有开口。妈妈注意到了，问他："怎么啦？"

孙明低着头说："昨天，同学们把筹款卡交给老师时，捐的不是100元就是50元。"

孙明就读的是当地著名的"贵族学校"，校门外，每天都有小轿车等候放学的学生。孙明的班级是排在全年级最前面的，班上的同学，不是家里捐献较多，就是成绩较好，当然，孙明不属于前者。

那一天，孙明说，不是想和同学比多，也不是自卑。他一向都认真对待老师交代的功课，这一次，也想把自己的"功课"做好。况且，学校还举行班级筹款比赛，他的班已经领先了，他不想拖累整个班。

妈妈把孙明的头托起来说："不要低头，要知道，你同学的家庭背景，非富即贵。我们必须量力而为，我们所捐的5元钱，其实比他们的500元还要多。你是学生，只要以自己的成绩尽力为校争光，就是对学校最好的贡献了。"

第二天，孙明抬起头，从座位走出去，把筹款卡交给老师。当老师在班上宣读每位同学的筹款成绩时，孙明还是抬起头来。自此以后，孙明在达官贵人、富贾豪绅的面前，一直抬起头来做人。妈妈说的那番话，深深地刻在孙明心里。那是生平第一次，他面临由金钱来估量人的"成绩"的无言教育。非常幸运，就在这一次，他学习到了"捐"的意义，以及别人所不能"捐"到的自己独一无二的价值。

不能用金钱估量一个人的价值，人的真正价值应该在自信、刻苦、努力、勇气中得以体现。也许，今天的我们清贫，但我们身上拥有的诸多品质——善良、勇敢、正直、无私、勤奋——却是取之不尽的宝藏。

低智商的园艺家 ▸黄 晓

> 每个人都有特长，你也不例外。终有一天，你会发现自己的特长。到那时，你会是你爸爸妈妈的骄傲。

少年琼尼·马汶的爸爸是木匠，妈妈是家庭主妇。这对夫妇节衣缩食，一点一点地在存钱，因为他们准备送儿子上大学。

马汶读高二年级时，一天，学校聘请的一位心理学家把这个16岁的少年叫到办公室，对他说：

"琼尼，我看过了你各学科的成绩和各项体格检查，对于你各方面的情况我都仔细研究过了。"

"我一直很用功的。"马汶插嘴道。

"问题就在这里，"心理学家说，"你一直很用功，但进步不大。高中的课程看来你有点力不从心，再学下去，恐怕就是浪费时间了。"

孩子用双手捂住了脸："那样我爸爸妈妈会难过的。他们一直希望我上大学。"

心理学家用一只手抚摸着孩子的肩膀。"人们的才能各种各样，琼尼，"心理学家说，"工程师不识简谱，或者画家背不全九九表，这都是可能的。但每个人都有特长，你也不例外。终有一天，你会发现自己的特长。到那时，你会是你爸爸妈妈的骄傲。"

马汶从此再没去上学。

那时城里活计难找。马汶替人整建园圃，修剪花草。因为勤勉，倒是忙碌。不久，顾主们开始注意到这小伙子的手艺，他们称他为"绿拇指"——因为凡经他修剪过的花草无不出奇的繁茂美丽。他常常替人出主意，帮助人们把门前那点有限的空隙因地制宜精心装点；他对颜色的搭配更是行家，经他布设的花圃无不令人赏心悦目。

也许这就是机遇或机缘：一天，他凑巧进城，又凑巧来到市政厅后面，更凑巧的是一位市政参议员就在他眼前不远处。马汶注意到有一块污泥浊水、满是垃圾的场地，便上前向参议员鲁莽地问道："先生，你是否能答应我把这个垃圾场改为花园？"

"市政厅缺这笔钱。"参议员说。

"我不要钱，"马汶说，"只要允许我办就行。"

参议员大为惊异，他从政以来，还不曾碰到过哪个人办事不要钱呢！他把这孩子带进了办公室。

马汶走出市政厅大门时，满面春风——他有权清理这块被长期搁置的垃圾场地了。

当天下午，他拿了几样工具，带上种子、肥料来到目的地。一位热心的朋友给他送来一些树苗；一些相熟的顾主请他到自己的花圃剪用玫瑰插枝；有的则提供篱笆用料。消息传到本城最大的一家家具厂，厂主立刻表示要免费承做公园里的条椅。

不久，这块泥泞的污秽场地就变成了一个美丽的公园，绿茸茸的草坪，曲幽幽的小径，人们在条椅上坐下来还能听到鸟儿在唱歌——因为马汶也没有忘记给它们安家。全城的人都在谈论，说一个年轻人办了一件了不起的事。这个小小的公园又是一个生动的展览橱窗,人们凭它看到了琼尼·马汶的才干,一致公认他是一个天生的风景园艺家。

这已经是25年前的事了。如今的琼尼·马汶已经是知名的风景园艺家。

不错,马汶至今没学会说法国话,也不懂拉丁文,微积分对他更是个未知数。但色彩和园艺是他的特长。他使渐已年迈的双亲感到了骄傲,这不光是因为他在事业上取得的成就,而且因为他能把人们的住处弄得无比舒适、漂亮——他工作到哪里,就把美带到哪里!

自信加油站

　　天生我材必有用。每个人来到这个世界上都要去寻找属于自己的舞台。找到自己最擅长的,然后努力去学习、发展,我们就能在自己的舞台上走出自己的脚印,为这个世界创造出属于我们的奇迹和美丽。

史宪军

你能够做到　　佚 名

　　你很棒!试得很好!再试一次!尽你最大的努力!绝不放弃!我为你感到自豪!

　　女儿小的时候,我带她去学棒球。和她一起学棒球的,有一大堆美国女孩子。只要女孩子挥一下球棒,在旁边观看的大人堆里,就能听到一声尖叫或者不那么尖的赞叹:"太好了,真了不起!我亲爱的小宝贝,我爱你!"

轮到女儿打球了,后面的小女孩扔给她一个球,她击不中,再来一个还是击不中。我站起来,急了,大声喊:"路易莎,好好打!"哪知道教练喊的却是:"试得很好!再试一次!"旁边有个认识我女儿的美国妇女站起来大声喊:"路易莎,再来一次!你能够做到!"

女儿失败了一次又一次,教练说了一次又一次:"试得很好,再试一次。"我也跟着学会了:"试得很好,再试一次。你能够做到!"

直到女儿最终击中了一次,大家都给她鼓掌。教练高兴地说:"路易莎,你真棒!"那个美国妇女也大声喊:"路易莎,我刚说过,你能够做到的。"

练习结束后,小女孩们都跑到父母身边,有的大声问:"妈妈,我今天很棒,对吗?"母亲回答:"我亲爱的小宝贝,我为你感到自豪!"然后,把孩子搂到怀中。

女儿低着头来到我跟前低声说:"爸爸,对不起,我今天没打好。"

我说:"不,路易莎,你今天打得很棒!"

"真的?"女儿激动得声音都颤抖了,"真的?爸爸,我今天打得很好?"

"是的,"我告诉她,"你尽了你最大的努力,并且,你一次打不中,又打一次,绝不放弃,这是最让爸爸高兴的。我为你感到自豪。"女儿扑到我的怀中说:"爸爸,你是最好的爸爸。"

你很棒!试得很好!再试一次!尽你最大的努力!绝不放弃!我为你感到自豪!这是许多美国父母经常对子女说的话,孩子们的自信心和奋斗精神,就是这样被培养出来的。

自信加油站

史宪军

　　我们的自信心藏在身体里最温暖的地方,小小的,柔软的,需要我们像照料花盆里的小苗一样,赞扬是阳光,坚持是水分,鼓励是土壤,勇敢是养料。慢慢地,自信的心会和我们一起成长,开出最美丽的花朵。

永不言弃　⟩朱坤鹏

　　这次比赛,我终生难忘,它让我记住了"永不言弃"的道理,以后无论做什么事,不到最后,永不言弃!

　　暑假期间,我报名参加了河南省第二十一届业余围棋段位赛。报名后我们围棋班便进行了为期一个月的强化训练。从布局到防御到进攻,逐项练习,短短的一个月,我的棋技又有了明显的提高。

　　时间过得真快,转眼就到了比赛的时间。

　　比赛当天,我信心百倍地来到河南省体育馆。嗬,参加比赛的选手和家长真多啊!我一看人这么多,心里就打起了退堂鼓。可是,既然来了,也不能白来一趟啊!我重新鼓起勇气,走进了赛场。

　　我找到了自己的赛场,当时别提我心里有多紧张了,直到找到自己的位置坐下来的时候,心里还在咚咚乱跳。

　　比赛时间到了,出乎意料,我的对手还没到,裁判让我等一会儿,看着别的选手都在紧张的比赛,别提我有多着急了。十分钟过去了,对手还没来,这时候,裁判走到我身边对我说对手缺席按弃权论处,你赢了第一局。我简直不敢相信自己的耳朵,做梦都没想到不费吹灰之力就幸运地赢得了我有生以来正式比赛中的第一场胜利。我走出赛场,找到陪我一起来比赛的爸爸,我兴奋地对爸爸说我赢了,爸爸也对我竖起了大拇指。

可是又出乎我的意料,接下来的比赛就没那么幸运了,我连输五场。这时候,九场比赛已经过半,除了不战而胜的第一场,我是全盘皆输,接下来还剩下三场比赛,如果再输一场,我就拿不到业余一段的段位。我再次垂头丧气地来到爸爸面前,我对爸爸说:"我已经看不到胜利的希望了,我准备退出比赛。"

爸爸听我这样说,便语重心长地对我说:"儿子,相信自己,不到最后决不言弃。爸爸支持你。"

听了爸爸的话,我决定继续参加比赛。

第七场比赛开始了,我克服前面侥幸和轻敌的心理,沉着应战,终于赢了第七局。走出考场,我故意装出闷闷不乐的样子来到爸爸跟前,爸爸看到我这个样子,关心地对我说:"儿子,别灰心,没关系,参与就是胜利。"这时,我对着爸爸,挥舞着拳头,大声说了句:"爸爸,你的儿子把对手干掉了!"爸爸没有想到会是这种结果,他兴奋地和我击掌,对我说:"儿子,你真棒!"

我精神抖擞地又返回赛场,在接下来的第八场、第九场比赛中,我越下越自信,步步紧逼,对手只有招架之功,我以绝对的优势拿下了对手,终于获得了"河南省围棋业余一段"称号。

走出赛场,我又来到爸爸面前,我对爸爸说:"我现在用'围棋一段选手'的身份对你说话,你快点带我回家,让妈妈也分享我的快乐吧!"爸爸听我说完,只顾高兴得咧嘴大笑,都忘记说话了……

这次比赛,我终生难忘,它让我记住了"永不言弃"的道理,以后无论做什么事,不到最后,永不言弃!

▶ 史宪军

面对困难,我们岂能轻言放弃!只有在困难面前勇敢地去面对,敢于接受挑战和竞争,我们才有可能在竞争中获胜,从而战胜困难。即使这次失败了,我们也能知道自己的不足之处在哪里。生活中无论遇到什么事情,我们都要有足够的自信,相信自己能够成功。

苏珊脸上无哀伤　▶郭汉轩

> 她创造了我们一般人达不到的辉煌,因为她有个爱她的母亲。

在奥地利的一个小镇上,有一位母亲,她有个女儿叫苏珊。苏珊5岁时因为一次意外导致双目失明,意识混乱,语言能力低下,自卑感很重。该上学了,可是没有哪个学校肯收留这么一个孩子,母亲于是自己教她,她学什么都很迟钝,性格也很暴躁,母亲一直耐心地教导,可是效果不是很明显。

一次到教堂祈祷,苏珊听到钢琴声响起却安静下来,回来后心情也很好。

母亲像发现了宝藏一样珍爱她这个发现,悄悄地花钱把女儿送到最近的一个教堂琴房当义工。实际上母亲还要给教堂养护费,不然教堂不愿意收留苏珊。一段时间后,母亲又多拿出钱来让教堂为苏珊发工资。苏珊很高兴,也有了自信,慢慢地她也敢上琴台了,但是开始弹得很糟糕,周围的人都认为那是可怕的噪音,教堂就不要她去弹。母亲就恳请牧师让苏珊只在没有人的时候去弹,甚至还给琴房的守卫下跪乞求,最后他们才同意。

于是母亲就在没人的时候带苏珊到琴房,骗她说周围很多人在听她的琴声,她弹得很好,就这样一年又一年,随着母亲脸上皱纹的累积,苏珊把钢琴的每一个部位都牢牢地记在了手指的触觉中,把自己和旋律融到了一起,感觉越来越好,心情也越来越平静,语言和意识有所回归。就在母亲退休那年,教堂正式聘任苏珊做专职钢琴手,她的琴声合着祷告对人有一种天然的魔力,让人恬静安适,这个教堂常常人满为患。

过了几年,她的琴技远近闻名,好多大教堂都请她去弹琴,她也成功地举办了自己的专场演奏会,苏珊成了闻名遐迩的钢琴演奏家。

但是每当记者采访她时,她还是只会紧紧攥住头发花白的妈妈的手,兴奋地和母亲说着我们听不懂的话,像个幼稚的女孩。

她创造了我们一般人达不到的辉煌,因为她有个爱她的母亲。

自信加油站

爱,尤其是母爱,总能创造一个个让人难以置信的神话。这位心中盛满了爱的妈妈费尽心思要灌溉给女儿心田的,是怎样甘甜清冽的自信之泉呀!有了爱,就有了幸福;有了爱,就有了成功的可能。相信这份爱的泉水会永远涓涓流淌在我们每个人的心间。

史宪军

第 **3** 辑

不要让别人偷走你的梦想

梦想之所以激动人心，正是因为它高悬于现实之上，并永不停歇地闪烁着光芒与魅力。追逐梦想的人，注定要经历许多艰难与挫折，才能攀折那代表着光荣与奇迹的果实。不要让别人偷走你的梦想，不要让脚步停滞，只要有足够的自信和坚强的意志，我们总能够创造属于自己的辉煌！

下 去 吧 张小失

当别人没有肯定我们时,我们要学会自我肯定;
当别人冷嘲热讽时,我们要坚持自己。

有一天下大雨,体育课没法上,老师带我们在教室内做游戏。他在黑板上画了一个圆,说:"谁再来添几笔,让人一看,就知道这个圆代表太阳?"

同学们纷纷举手。老师随便点了一个人。这名同学兴致勃勃地走上讲台,开始在圆圈周围添一些小线段,像太阳发出的光芒。不料,老师在一旁笑道:"第一笔就画错了!"这名同学一愣,怀疑地望着老师。老师说:"卜去吧!"他就下去了。

老师擦掉小线段,回头问:"谁再来?"又一名同学大步流星地走上讲台,拿起笔,开始在圆旁边画树。老师笑道:"有这么干的吗?"这名同学也是一愣,继而回头瞅老师。老师说:"下去吧!"他也下去了。

第三名同学走上讲台,二话没说,随手在圆下画了道大波浪线,远远看去,像海上升起了太阳。但老师仍然摇头,笑他:"喔!哪会这么简单!"这名同学顿时失去了自信,擦去波浪线,凝神思考。老师说:"快下去吧!"他也垂头丧气地回到座位。

"还有谁想上来试试?"老师站在讲台上扫视全班,教室内鸦雀无声,再没人敢去"卖弄"了。这时,老师又笑了,笑得挺诡秘的,说:

"好吧,请刚才那三位同学再上来一下。"

3 名同学走上讲台,老师安排道:"你,负责说'第一笔就画错了';你,负责说'有这么干的吗';你,负责说'喔!哪会这么简单!'……我每画一笔,你们都得依次将我讲的话说出来,然后再齐声对我喊'下去吧'!"

全班哄堂大笑,觉得怪好玩的,但不知老师的葫芦里卖的究竟是什么药。

工作开始,老师在黑板上画了 3 个大圆,然后在第一个大圆周围画小线段,体现太阳发光;在第二个大圆边画树,代表日上树梢;在第三个大圆下画波浪线,表示太阳出海……他每画一笔,旁边 3 个同学就按他所教的依次说——"第一笔就画错了!""有这么干的吗?""喔!哪会这么简单!""下去吧!"

一片嘈杂声中,老师终于画完了。他扔掉粉笔,回头对所有的同学说:"好了,画完了。请看,我是按刚才 3 位同学的构思画出来的,是那个意思吗?"

当然是那个意思——黑板上准确地表现出 3 个太阳。老师又说:"但是,这 3 名同学经不住我在一旁冷嘲热讽的打击,不敢坚持自己的想法,行动严重受扰,最终失去自信,放弃了。"

教室里很安静。老师最后说:"但是我坚持到底了,将太阳表现出来了。还是但丁的那句老话——走自己的路,让别人说去吧!"

自信加油站

有时,我们总认为自己像清澈见底的小溪,以为别人对我们的才能总能一目了然。我们把别人的评价看得无比重要,以为能在别人眼中认识我们自己。其实我们要把自己看成是深邃的大海,当别人没有肯定我们时,我们要学会自我肯定;当别人冷嘲热讽时,我们要相信自己。

王倩

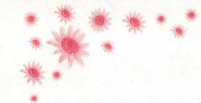

驯鹿和狼 ◎佚名

真正打败驯鹿的是它自己,它的敌人不是凶残的狼,而是自己脆弱的心灵。

驯鹿和狼之间存在着一种非常独特的关系,它们在同一个地方出生,又一同奔跑在自然环境极为恶劣的旷野上。在大多数时候,它们相安无事地在同一个地方活动,狼不骚扰鹿群,驯鹿也不害怕狼。

在这看似和平安闲的时候,狼会突然向鹿群发动袭击。驯鹿惊愕而迅速地逃窜,同时又会聚成一群,以确保安全。

狼群早已盯准了目标,在这追和逃的游戏里,会有一只狼冷不防地从斜刺里窜出,以迅雷不及掩耳之势抓破一只驯鹿的腿。

游戏结束了,没有一只驯鹿牺牲,狼也没有得到一点食物。

第二天,同样的一幕再次上演,依然从斜刺里冲出一只狼,依然抓伤那只已经受过伤的驯鹿。

每次都是不同的狼从不同的地方窜出来做猎手,攻击的却只是同一只鹿。可怜的驯鹿旧伤未愈又添新伤,逐渐丧失大量的血和力气,更为严重的是它逐渐丧失了反抗的意志。当它越来越虚弱,已不会对狼构成威胁时,狼便群起而攻之,美美地饱餐一顿。

其实,狼是无法对驯鹿构成威胁的,因为身材高大的驯鹿可以一蹄就把身材矮小的狼踢死或踢伤,可为什么到最后驯鹿却成了狼的腹中之食呢?

狼是绝顶聪明的动物,它一次次抓伤同一只驯鹿,让那只驯鹿一次次被失败击得信心全无,到最后它的意志完全崩溃了,已忘了自己其实是个强者,忘了自己还有反抗的能力。当狼群攻击它时,它也就没有勇气奋力一搏了。

真正打败驯鹿的是它自己,它的敌人不是凶残的狼,而是自己脆弱的心灵。

自信加油站

　　驯鹿的失败乃至丧命缘于自己信心的崩溃,而我们又何尝不是? 一次次考试的失利,可能导致我们对学习完全丧失了斗志;一次次失败的经历,可能会让我们永远不愿意再向困难挑战……这时,打败我们的不是考试,不是困难,而是我们自己完全丧失的信心。

◆王倩

学会自信　◗黄健

> 可是你既然认为自己是对的,为什么不坚持下去呢?你应该对自己充满自信!

　　小时候,我是个腼腆的孩子,遇到生人就脸红,也没有伙伴和我一起玩。家里来了客人,祖母常常指着我们堂姐弟几个这样介绍:"这是冬梅,懂事,像个小大人;这是阿辉,脑子聪明……"最后才指着我说:"这是小健,最乖!"其实我心里清楚,我没有其他的优点,祖母只好用"最乖"来安慰我,免得我太伤心。

　　这种孤僻的心态一直到我上了中学仍没有丝毫的改变。那年中考,我侥幸考上了县中。在这个人人都是佼佼者,个个都自命不凡的群体里,我愈发感到自卑。

我的班主任姓龚,教我们数学。他40多岁,长得相当敦实,平时总是一脸严肃,我总是对他避而远之。但龚老师的课上得很好,据说是全县数学教得最好的。

有一次数学考试,我的最后一题被龚老师打了一个大大的红叉。随后,龚老师对试卷进行了讲评。我捧着试卷,琢磨了半天,觉得自己的解法虽然和龚老师的不一样,但完全有道理,而且比龚老师的方法更简便。

下课的时候,我拿着试卷去办公室找龚老师。龚老师正埋着头批作业。"龚老师,我觉得这道题我这样做也是对的。"我怯怯地说,声音小得自己几乎也听不见,"你说什么?"龚老师抬起头,两眼透过厚厚的镜片盯着我。我把刚才的话重复了一遍,声音还是细若蚊蝇。"是吗?"龚老师疑惑地接过试卷。片刻,他把试卷扔到办公桌上,板着脸问我:"你能确信你的做法是对的吗?"我犹豫了半天,终于点点头。龚老师的脸上掠过一丝冷笑,语气变得更严厉了,说:"如果你确信你的做法是对的,我愿意听你讲一讲理由,如果你没有把握,请你不要浪费我的时间。"听了龚老师的话,我心里也没有底了,万一是我错了,肯定会惹龚老师生气的,算了算了,反正龚老师的这种方法我也掌握了,何必要另辟蹊径呢?我悻悻地拿回我的试卷走出办公室,心里挺不是滋味。

"回来!"走出不远,身后就传来龚老师的声音。我疑惑地回到办公室,龚老师正用少有的温和的目光看着我,他说:"其实你的解法比老师的更好!可是你既然认为自己是对的,为什么不坚持下去呢?你应该对自己充满信心!"

龚老师的话在我的心里激起了阵阵涟漪。也就是从那天起,我开始抬起头直面所有的人。上课时,我认真记笔记,成绩一次比一次好,还经常参加学校组织的各种活动,再后来,诗歌比赛得了奖,办了个人橱窗展,成了校文学社编辑,进了学生会……班上老师和同学都用吃惊和欣喜的目光看着我走向自信,走向开朗!

自信加油站

生活有时候会派来强大的权威来压制我们的信心,可千万要记住,这是生活给予我们最好的机遇——树立自信。权威纵然威力很大,但只要我们坚持自己的信念,相信自己的能力,保持那份永不妥协的勇敢,我们就能从自卑的泥潭中解救自己——不向权威屈服,这本身就是一份奇迹。

◆王倩

逆境中,拾起一颗自信的心 ▷黄 兵

男孩挥了挥手中的鞋刷,说:"来吧,我会将你们鞋上的灰尘全部擦掉,让你们走出去更精神……"

全球首屈一指的收银机经销公司——瑞士埃尔德集团在创业阶段,该公司竞争对手散布谣言,称埃尔德陷入财务僵局,令业务代表信心锐减,经营业绩下滑。公司多次辟谣,仍然收效甚微。

一天,公司总裁查菲尔召集业务代表座谈。一位业务代表牢骚满腹地说:"我所负责的区域遭到了百年不遇的旱灾,商家的生意严重受挫,谁还买收银机呢?"还有一位业务代表说得更难听:"公司资金吃紧,我哪有心思顾及业务呢?只想找一家效益好的公

司走人。"

查菲尔沉思片刻,说:"请大家安静下来,我想请大家擦皮鞋,之后,还有精彩节目。"

业务代表们面面相觑,不知道查菲尔在卖什么"关子"。

一会儿,公司门前那位擦皮鞋的男孩被人叫来了,查菲尔第一个伸出脚来,一边擦鞋一边与男孩聊了起来。

"你几岁了? 擦一双鞋收多少钱?"查菲尔问。

"先生,我9岁了,每擦一双鞋收5分钱。"男孩回答。

"以前,蹲在你那个位置擦鞋的是一个比你大的男孩,他为什么走了?"

"哦,他叫比尔斯,17岁了,嫌这里不好做,离开了。"

业务代表们议论纷纷,有人问他:"那你为什么还选择这里呢?在这里工作能维持生计吗?"

男孩乐呵呵地说:"可以的,有时候还能得到小费哩。"接着,他给大家算了一笔账:"每个星期我交给妈妈10元做生活费,到银行存5元,留2元做零用,不出一年,我就可以用银行的存款买一辆自行车,给妈妈一个惊喜。"

查菲尔擦完鞋,拍拍男孩的头,给了他一元钱的小费,男孩高兴地说:"谢谢您,先生!"查菲尔转过身,面向业务代表,激动地说:"诸位肯定见过那个比他年龄大的擦皮鞋的男孩,那个男孩表情冷漠,谁都不愿靠近他,而这个男孩乐观、真诚,心中充满对美好生活的向往,所以前者选择离开,后者却能打开局面。"

男孩挥了挥手中的鞋刷,说:"来吧,我会将你们鞋上的灰尘全部擦掉,让你们走出去更精神……"

第二天,业务代表们满怀信心地回到销售区。自此,埃尔德扭亏为盈。

自信加油站

　　小男孩的热情来自对生活的热爱,来自对未来的信心。生活中的很多挫败不在于压力的大小,而在于每个人面对生活和学习的态度。当我们勇于承担压力、挑战困境,建立更牢固的自信心时,成功也就离我们不远了。

◎贾珺

尼克的第一笔生意 ◎佚 名

　　我跟你说过一个石头可以卖一块钱——如果你相信自己,你可以做任何事!

　　1993 年秋天的某个星期六下午,我匆匆地赶回家,试图要把一些后院的工作做完。当我在摇落树叶时,我 5 岁的儿子尼克,过来拉住我的裤脚。

　　"爸,我要你帮我做个告示。"他说。

　　"现在不行,尼克,我真的很忙。"我回答。

　　"但我需要一个告示。"他坚持。

　　"为什么,尼克?"我问。

　　"我要卖掉我的一些石头。"他回答。

　　尼克总是沉迷在"石头阵"中。他一直在收集石头,人们也把石头送给他。他定期清理放在停车棚里的那一大篮石头,各色各样的都有,它们是他的宝贝。

　　"我现在真的没空帮你,尼克。我必须把这些叶子摇下来,"我说，"去找你妈帮你。"过了一会儿，尼克拿了一张纸来。纸上有他的字迹，写着今天售价一块钱。他妈帮他做了他的告示，现在他要开始做生意了。他拿着告示，提着一个小篮子，带着他最好的 4 块石头，走到我们车道的前头，他把石头排成一条线，把篮子放在它们后面，并坐了下来。我从远处观察，对他的决定很感兴趣。

大约半小时过去了，没有任何人经过。我过去看他在做什么。

"生意如何，尼克？"我问。

"不错。"他回答。

"这篮子是做什么的？"我问。

"放钱用的。"他有模有样地说。

"你的石头要卖多少钱？"

"每个一块钱。"尼克说。

"尼克，没有人会花一块钱买你的石头。"

"他们会的！"尼克坚定地说。

"尼克，我们这条街没什么人，他们看不到你的石头。你把石头收起来，去坑如何？"

"这里有人，"他回答，"人们在我们这条街上散步或骑自行车做运动，也有人开车来看房子。人够多了。"

我说服尼克不成，就返回后院工作。他很有耐心地守在他的"岗位"上。又过了一会儿，有辆小货车驶进这条街。我看见尼克站起来对小货车高举他的告示。小货车在尼克身边停了下来，一位女士摇下了窗子。我没法听到他们之间的交谈，但在她转身面向驾驶的男士后，我可以看见他在掏皮夹！他给她一块钱，她则走出小货车，走向尼克。检查那些石头以后，她挑了一个，把一块钱交给尼克，开车离去了。

当尼克跑向我时，我目瞪口呆地站在后院。他晃着那一块钱，叫道："我跟你说过一个石头可以卖一块钱。"——如果你相信自己，你可以做任何事！我取了我的照相机，为尼克和他的告示拍照。这小家伙信心坚定，也乐于炫耀他能做的事。这是伟大的一课，我们从中学到了很多，到今天也一直谈论它。

又过几天，我太太汤尼、尼克和我出外吃晚餐。路上，尼克问我们，他是否可以有零用钱，他母亲解释，想要零用钱得尽些家庭义务才行。

"好吧！"尼克说，"那我会有多少钱？"

"你 5 岁，一个礼拜一块钱就可以了。"汤尼说。

后座传来一个声音："一个礼拜一块钱——我卖一块石头就赚到了！"

自信加油站

不管有些爱好在别人看来是多么不可思议，不管有些努力被别人认为是多么白费力气，也不管那梦想距离现实是多么遥不可及，只要相信自己，坚持去做，肯定每一步脚印留下的汗滴，我们就能赢得真正的胜利。相信自己，放飞梦想，其实世界已在我们的心里。

○ 王倩

不要让别人偷走你的梦想

> （美）杰克·坎菲尔德

> 不要让别人偷走你的梦想！无论做什么事情，请相信你自己！

　　我有一位朋友，名叫芒提·罗伯兹，他在圣思德罗经营一座牧马场。他常常把他的房子借给我来举办募捐活动，为帮助处在危险中的青少年计划募集资金。在上一次募捐活动中，他向参加活动的人讲了一个激动人心的故事。

　　很久以前，有一个小男孩，跟着父亲一起生活。因为父亲是一个流浪的驯马师，所以，小男孩从小就跟随着父亲在一个又一个马厩、一座又一座赛马场、一家又一家农场之间来回奔波。正因为如此，小男孩整个中学阶段几乎就是在东奔西走中度过的，功课自然也学得断断续续。在他中学快毕业的那个学期，有一次，教师布置了一项作业，要求写一篇作文，谈一谈自己长大以后的理想和志向。

　　那天晚上，他花了很长时间来写这篇作文，写了整整 7 页纸。在文章中，他详细叙述了他的远大理想，精心描绘了他的宏伟蓝图。他说，将来他希望能拥有一座属于自己的牧马场。不仅如此，他还绘制了一张占地达 200 英亩的牧马场的图纸，并在上面标出了所有建筑物的名称和位置，包括马厩和跑道。他还打算建造一栋占地4000 平方英尺的大房子。

　　第二天，他把这篇凝结了他很大心血的作文交给了老师。两天

之后,老师把作文退给了他。他怀着激动的心情打开一看,在作文的第一页上,老师用红笔打了一个大大的"F",旁边还写了一行字:"放学后到办公室来见我。"

于是,放学之后,这个怀着美好梦想的小男孩就来到了老师的办公室。老师说:"你的这个理想,简直就是白日做梦,尤其是像你这样的小男孩。你一没有钱,二又出生在一个整天流浪的家庭里。第三你没有足够的才略。你知不知道,要想拥有一座牧马场,那是需要很多钱的。你不仅要买一片土地,还要买纯种马匹,然后,你还得花很多钱来照顾它们。我劝你就别做白日梦了。"老师停顿了一下,接着又说,"如果你愿意重新写一个比较切合实际的理想的话,我会重新给你打分的。"

小男孩垂头丧气地回到了家里,苦苦思考了很长时间。最后,他决定去问父亲。父亲对他说:"听着,孩子,对于这个问题,你必须要自己拿主意。因为,无论如何,我认为这对你来说都是一个非常重要的决定。"就这样,小男孩只好自己去思考。终于,在经过一个星期的苦思冥想、深思熟虑之后,小男孩决定对他的作文不做任何修改,仍旧按照原样交给老师。他对老师说:"尽管您可以继续给我'F',但是,我绝不放弃我的梦想!"

说到这儿,芒提停了下来,环视了一下越聚越多的人群,然后,接着说道:"今天,我之所以要给大家讲这个故事,是因为各位现在就坐在一座200英亩的牧马场内,坐在一栋占地4000平方英尺的大房子里。直到今天,我还保留着那篇中学时写的作文,并且把它镶在镜框里,挂在壁炉的上方。"

这个故事到此本应该结束了,但是,恰恰相反。正是在两年前的那个暑假期间,故事中的那位老师带着30个学生来到芒提的牧马场里举办为期一周的夏令营。夏令营结束的时候,在即将离开牧马场时,那位老师惭愧地说:"芒提,现在,我要向你表达我的歉意。在你还是个孩子的时候,我就像是一个偷窃梦想的人,曾经对你的梦想泼过冷水。在那些年里,我真是偷窃了不少孩子的梦。幸运的是,你有足够的自信和坚强的意志,一直没有放弃自己的梦想。"

不要让别人偷走你的梦想!无论做什么事情,请相信你自己!

自信加油站

梦想之所以激动人心,正是因为它高悬于现实之上,并永不停歇地闪烁着光芒与魅力。追逐梦想的人,注定要经历许多艰难与挫折,才能攀折那代表着光荣与奇迹的果实。不要让别人偷走你的梦想,不要让脚步停滞,只要有足够的自信和坚强的意志,我们总能够创造属于自己的辉煌!

毛淑芬

孔雀与麻雀 ❯娅娅

> 人生在世,各有所长,不必看轻自己身上的短处,说不定它会在别处闪闪发光。

大森林里,一只孔雀和一只小麻雀成为朋友。

在一块空旷的草地上,每天上午,孔雀总喜欢身着华丽的外衣,神气十足地在众多动物面前翩翩起舞,小麻雀常常看得目瞪口呆。

小麻雀回到家里问母亲:"为什么孔雀能够开屏,为什么我不能?"母亲告诉它说:"孔雀能够开屏,是因为它有丰盈美丽、五颜六色的羽毛。我们的祖先都是咱们现在这般模样,开不了屏。"

从此,小麻雀陷入了自暴自弃的境地,总认为自己其貌不扬,长得丑陋,不配和孔雀交朋友,于是,它终日坐在家里,心烦意乱。

半个月后,小麻雀来到了好久没来的大森林里。在诸多动物中,唯独不见孔雀那美丽的身影,它只好问身边的猴子,猴子说:"别提了,那一天,我们正在兴致勃勃地观赏孔雀开屏,突然来了一位猎人,将孔雀带到动物园里去了。"小麻雀不由得怀念起和孔雀的这一段友情来,它决意要去看看孔雀,到底生活得怎么样。

在动物园里,孔雀被关在一个大大的铁栅栏里。小麻雀身子小,只身飞了进去,问好友孔雀:"你在这儿还好吗?"孔雀一见是好友小麻雀,便伤心地落下眼泪说:"我已经失去了自由,每天要跳几十次舞给游人们看,好惨呀……"

小麻雀这才明白,孔雀令人羡慕的长处反而限制了它的自由。

孔雀与麻雀,仅是一个字的差别。但前者因为有一身迷人的外表而成为笼中供人欣赏之物,后者因为相貌平平却可以自由地飞翔在蓝天。其实,人生在世,各有所长,不必看轻自己身上的短处,说不定它会在别处闪闪发光。

自信加油站

尺有所短,寸有所长。每个人都有专属于自己的优势,也存在不足的地方。正视自己的每一处优缺点,自信地面对现实,我们就会在不断地学习中提升自己,让梦想成真。

王倩

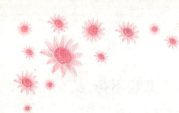

换只手举高你的自信

马国福

他让我举右手并且少举右手只是为了让我超越自己,换只手举高自己的信心,赢自己一把啊。

考上高中后我从乡下到城里寄宿读书,城里的学生很有钱,成绩也很好,因而我总是很自卑,上课老师提问时城里学生都抢着回答,我却从不抬头也几乎从不举手回答问题。我的物理基础很差,物理老师几乎每堂课都要提问,但很少叫坐在后排的我回答问题。

可有一次,老师问了一道我不懂的问题,同学们争先恐后地举手,我想反正我举手老师也不提问我,受虚荣心的支配,我也举起了手,结果老师偏偏叫我回答,我起立后哑口无言,当众出丑,同学们哄堂大笑。

放学后我一个人坐在教室里琢磨那道题,耳朵里始终回响着同学们的哄笑声,不争气的眼泪掉了下来。物理老师进来了。他深入浅出地给我讲解了那道题,然后和蔼地说:"学习时不要不懂装懂,农村出身不是你的过错,那反而是一种资本,你不要自卑。以后我提问时遇到你懂的题你举起左手,不懂的题你举起右手,你懂的题你甚至可以把手举得比别人高一点,我就知道该不该叫你回答。"老师的话使我深受感动。

此后的物理课上我就按老师所说的做了。期中考试结束后,老师对我说:"这段时间你举左手的次数为 25 次,举右手的次数为 10

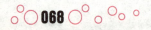

次,再加把劲,争取把举右手的次数降到 5 次。"细心的老师竟统计了我举左右手的次数,我暗下决心争取不举右手。从此遇到难题我宁可不吃饭不睡觉也要把它攻克。期末考试时我考了全班第一名,老师欣慰地对我说:"你终于不举右手了。"

考上大学后老师来送我,他只对我说了一句话:"别让自卑打倒你的自信,换只手举高你的自信。"我终于明白了老师的良苦用心:他让我举右手并且少举右手只是为了让我超越自己,换只手举高自己的信心,赢自己一把啊。在人生的道路上免不了遇到对手和困难,但如果不能举左手,那我们做的第一件事就是"举起自己的右手"……

自信加油站

　　从举起右手到少举右手,再到最后的不举右手,"我"战胜的不是别人而是自己。是的,自信最终能战胜自卑。在还不能完全战胜难题的时候,放弃只能是前功尽弃,这时候鼓足勇气和信心举起右手,那么距离举起左手的日子也不会太久。

贾珺

上帝的孩子　◎黄　文

　　你是上帝的孩子,每一个人都是上帝的孩子,只要你有一颗自信自强的心。

　　一天,一个名叫珊娜的女孩偷偷溜进教堂,听到牧师正在给人们传道。

珊娜是一个私生女,生下来就没有爸爸。周围的人都用鄙夷的眼光看她,认为她是一个没有父亲、没有教养的孩子,并且说她是一个不好家庭的孽种。在别人的冷眼和嘲讽中,她变得越来越孤独,越来越自卑。

　　然而,牧师的话在她幼小的心灵里点亮了一盏心灯。从此,她经常溜进教堂,听牧师讲道。牧师在一次讲完道后,见坐在后排羞怯怯的她,问她是谁家的孩子。这句问话触到了她的痛处,她抿着嘴不知怎么回答。

　　"哦,我知道了,我已经知道你是谁家的孩子了,你是上帝的孩子。"

　　"上帝的孩子? 我也是上帝的孩子!"珊娜抑制不住内心的激动,眼泪夺眶而出。

　　"孩子,过去不等于未来,不论你过去多么不幸,这都不重要。人生最重要的不是你从哪里来,而是你要到哪里去。不论你过去怎样,那都已经过去。只要你调整心态,明确目标,积极地去行动,那么成功就是你的。"

　　牧师的一次次教诲,一次次鼓励,使珊娜看到了生活的阳光,嗅到了生活的芳香,感受到了生活的温暖,她的心态从此发生了巨大的变化,开始变得乐观开朗、积极向上起来。40岁那年,她当选为美国田纳西州州长,届满卸任后,她弃政从商,成为世界500家最大企业之一的公司总裁。

　　你是上帝的孩子,每一个人都是上帝的孩子,只要你有一颗自信自强的心。

自信加油站

　　在上帝面前,我们都是公平的,我们都是上帝的孩子。正因为如此,我们不需要妄自菲薄,不需要为自己的出身而自卑、惭愧。我们将走向各自的梦想天堂,只要我们时时刻刻把上帝给予我们的那份自信铭刻心间。

◇王倩

恢复自信的武士 　◎（美）约翰·格雷

　　即使是真正的勇士,在失去自我时也无法应付来自外界的干扰。

　　身披盔甲的武士途经乡间,突然听到女人的哭喊声,他马上抖擞精神策马飞奔,奔向前面的城堡。原来是一位公主被一只野兽围困住了。勇敢的武士拔剑刺杀了野兽,公主爱上了他。

　　公主的家人和城堡的人民都欢迎他,为他庆功。武士受邀住在城中,人民视他为英雄。他和公主十分相爱。

　　一个月后,武士又去旅行。回来时,听到他的爱人哭泣求救。另一只野兽正袭击城堡。武士抵达时,又要拔剑刺杀野兽。但当他冲上前时,公主从城堡里哭喊:“别用剑,用绳子比较好。”

　　公主丢给他绳子,好像又在示范给他该如何使用。武士犹豫不定地跟从她的指示,将绳子套上了野兽的脖子,然后用力一拉,野兽死了,每个人都很高兴。

　　庆祝晚会上,武士觉得自己并没有立下功劳,因为他用的是她的绳子，而不是自己的剑，他觉得承受不起城堡人民的信任和赞美。他因沮丧而忘了擦亮自己的盔甲。

一个月后，武士又去旅行，随身带着剑。公主叮咛他多保重，并把绳子交给他。武士回来时，又遇到一只野兽在攻击城堡，他马上拔剑往前冲，心里却想，也许可以用绳子。正在犹豫不决时，野兽向他吐火，烧伤了他的右臂。武士犹豫不定地望着窗口，公主正向他挥手：

"绳子没用了，用这包毒药！"

公主把毒药丢给他。武士把毒药倒入野兽的嘴里，野兽立刻死掉。人人欣喜庆祝，但武士却以此为耻。

一个月后，武士又去旅行，随身带着他的剑。公主叮咛他凡事小心，并要他带上绳子和毒药。她的建议使他困扰，但还是将它们放入行李中。

在旅途之中，武士听到另一个女人的哭泣，他冲上去解救她时，心中的沮丧已完全消除。但在拔剑时又犹豫起来，他不知道该用剑，用绳子，还是用毒药？公主会建议他用什么？

武士困惑了好一会儿，随即他回忆起尚未遇见公主前只带剑的情形。他重新建立起自信，丢掉绳子和毒药，以他的自信之剑来对付野兽。最后，他杀了野兽，所有人都欢欣鼓舞。

身披闪亮盔甲的武士再也没有回到公主身边，他留在这里过着快乐的日子。

自信加油站

即使是真正的勇士，在失去自我时也无法应付来自外界的干扰。可见，保持内心的平静和自信，是多么重要。有时候，我们听取别人的意见，却忘记了自己的观点；我们望着窗外的世界，却忽略了内心的声音。坚守自我，找回自信，我们才会快乐。

王倩

你想换个鼻子吗
◎朱成玉

在走向成功的路上，我们可以缺乏任何东西，但就是不能缺少一样东西：自信。

英国网站公布"世界上最具自然美的人"评选结果，71 岁高龄的意大利女星索菲亚·罗兰力克一群"后辈"靓女帅哥，拿下第一名。

她的美绝对是天然的，作为一个女人，索菲亚·罗兰可谓风光到了巅峰，无人能及。可是谁能想到，刚开始出道的时候，她的容貌恰恰是让人质疑和嘲讽的。

第一次试镜头时，摄影师抱怨她那异乎寻常的容貌，厚而阔大的嘴唇，异常突出的鼻子，为此导演建议她把突出的鼻子整容一下。"我不打算换个鼻子，尽管有的摄影师不喜欢灯光照在我脸上的样子，"索菲亚·罗兰坚定地说，"他们得好好琢磨怎样给我拍照。我认为，如果我看上去与众不同，这是件好事。我的脸长得不漂亮，但长得很有特色。"在不去做整容手术就有可能无法实现演员梦想的情况下，索菲亚·罗兰依然对所有人说"不"，"我要保持我的本色，我什么也不愿改变。"正是这种对自己价值的肯定和无与伦比的自信心，使导演卡洛·庞蒂对她进行了重新审视，从而真正认识了索菲亚·罗兰，开始了解和欣赏这个倔强的小姑娘。索菲亚·罗兰没有对摄影师们的话言听计从，没有为迎合别人而放弃自己的个性，没有因为别人而丧失信心，所以她才得以在电影中充分展示她的与众不同的美。而且,她的独特外貌和热情、开朗、奔放的气质开始得到人们的承认。后来,她主演的《两妇人》获得巨大成功,并因此荣获奥斯卡最佳女演员奖。

在走向成功的路上,我们可以缺乏任何东西,但就是不能缺少一样东西:自信。爱默生也说过:"自信是成功的第一秘诀。"这绝对不是一个空洞的口号,而是一个渴望成功的人必须具备的素质。想要成功,就一定要让它扎根在灵魂的深处,跟随自己的心脏和血液一起跳动和流淌。这种自信,就是坚持做你自己。像索菲亚·罗兰一样,虽然相貌平凡,但一样可以光彩照人,最终令全世界惊艳。

 自信加油站

这个世界从来不缺乏重复而平淡的美貌,只推崇独特的个性与自尊。不迎合别人而保持自己独一无二的特点,是每一个渴望成功的人所必须具备的品质。坚持自信,让它充盈在我们灵魂的最深处,让我们的外在与内心一样保持最高贵的坚持,只做别人无法代替的自己。

毛淑芬

第 **4** 辑

用信心奔跑的人

　　他忽然明白了，伊利克在赛跑时，一定也是抱着那种心情，高仰着头，坚信自己一定能跑抵终点。凭着信心奔跑，完全放松自己，不去管自己跑向何处，只管往前冲。只要他充满了信心，精神上得到释放，他自然会仰着头，同时从他的肺部及双腿重新涌出一股力量，那就是他战胜对手的力量。原来，伊利克是靠着自己的信心在奔跑。

永远的自信 ◆陈瑾昌

安迪变成了蚂蚁英雄,它以博士的话作为座右铭:"只要有信心,什么事都会成功。"

在蚂蚁王国中,有一只小蚂蚁,它叫安迪。它从一出生,就在各方面都具有深不可测的潜能和超人的本领,可是它的才能不但没被其他蚂蚁发现,人家还把它视为弱者。

蚂蚁王国有一个小小的独立军团,由志愿者组成,是用来抵抗蝗虫和其他入侵者的。安迪最大的梦想,就是长大后也能加入独立军团,反击蝗虫与入侵之敌,为国立功。可它万万没想到的是,没过多久,这个愿望就实现了。

那是一个晴朗的日子,安迪和小伙伴郑提、玛兰出去玩耍。它们走出蚂蚁洞,来到了外面的世界。当它们玩得正高兴时,一个强大的敌人来了,那就是人。郑提有危险了!人的脚马上就要踩到它身上,将它踩扁了。就在这千钧一发的时刻,安迪奋不顾身地冲上去,居然把人的脚给顶住了。郑提逃走后,它又来了个旋风式,转得人差点晕倒。为救朋友,安迪身上出现了一股神奇的力量。

这一切都被蚂蚁王国的卡西莫博士看到了,它马上介绍安迪到了独立军团,还告诉它:只要有信心,什么事都能成功。安迪把博士的话牢记在心。

在又一场对敌决战中,安迪万万没想到,它的对手竟是父亲安特！原来父亲背叛了蚂蚁,站在了蝗虫一边。安特也有超人的能力。面对父亲,安迪产生了巨大的心理压力,但它脑海中只有两个字,那就是"自信"。

安迪决定选择战斗,它相信正义必胜。通过一场生死决斗,安迪取得了最后的胜利,它父亲也承认了自己叛变的过错。

安迪变成了蚂蚁英雄,它以博士的话作为座右铭:"只要有信心,什么事都会成功。"

自信加油站

遇到困难时,不要轻易逃避,因为这样会使困难变本加厉。当我们满怀自信地面对困难时,困难就会像弹簧一样被我们的勇气压制住,并不断减少。勇敢地面对困难,这种斗士般的精神会让我们成就奇迹。

史宪军

信念的力量 ❯鲁先圣

家长们很纳闷儿,也将信将疑,莫非孩子真的是大材料,被老师道破了天机?

鲁西南深处有一个小村子叫姜村,这个小村子因为这些年几乎每一年都要有几个人考上大学、硕士甚至博士研究生而闻名遐迩。方圆几十里以内的人们没有不知道姜村的,人们会说,就是那个出大学生的村子。久而久之,人们不叫姜村了,"大学村"成了姜村的新村名。

姜村只有一所小学校,每一个年级一个班。以前的时候,一个班只有十几个孩子。现在不同了,方圆十几个村,只要在村里有亲戚的,都千方百计把孩子送到这里来。人们说,把孩子送到姜村,就等于把孩子送进了大学。

在惊叹姜村奇迹的同时,人们也都在问,都在思索。是姜村的水土好吗?是姜村的父母掌握了教孩子的秘诀吗?还是别的什么?

假如你去问姜村的人,他们不会告诉你什么,因为他们对于秘密似乎也一无所知。

20多年前,姜村小学调来了一个50多岁的老教师,听人说这个教师是一位大学教授,不知什么原因被贬到了这个偏远的小村子。这个老师教了不长时间以后,就有一个传说在村里流传。这个老师能掐会算,他能预测孩子的前程。原因是,有的孩子回家说,老师说了,我将来能成为数学家;有的孩子说,老师说我将来能成作家;有的孩子说,老师说将来我能成音乐家;有的说,老师说我将来能成钱学森那样的人,等等。

不久,家长们又发现,他们的孩子与以前不大一样了,他们变得懂事而好学,好像他们真的是数学家、作家、音乐家的材料了。老师说会成为数学家的孩子,对数学的学习更加刻苦,老师说会成为作家的孩子,语文成绩更加出类拔萃。孩子们不再贪玩,不用像以前那样严加管教,孩子们也都变得十分自觉。因为他们都被灌输了这样的信念:他们将来都是杰出的人,而有贪玩、不刻苦等恶习的孩子都是成不了杰出人才的。

家长们很纳闷儿,也将信将疑,莫非孩子真的是大材料,被老师道破了天机?就这样过去了几年,奇迹发生了。这些孩子到了参加高考的时候,大部分都以优异的成绩考上了大学。

这位老师在姜村人的眼里变得神乎其神,他们让他看自己的宅基地,测自己的命运。可是这位老师却说,他只会给学生预测,不会其他的。

这位老师年龄大了,回了城市,但他把预测的方法教给了接任的老师。接任的老师还在给一级一级的孩子预测着,而且,他们坚守着老教师的嘱托,不把这个秘密告诉给村里的人们。

我的几个好朋友就是从姜村走出来的,他们说,他们从考上大学的那一刻起,对于这个秘密就恍然大悟了,但他们这些人又都自觉地保守起这个秘密。

听完这个故事,我一直在被这位可敬的老师感动着。人世间还有什么力量能超过信念的力量呢? 他正是通过中国最传统的方式,在幼小孩子的心灵里栽种了信念啊!

 自信加油站

　　这位可亲可敬的老教师,是耕耘心灵田野的智者,他用自己独特的方式在孩子心间播种了信心。可见,信心和信念的威力是多么强大,它能左右一个人的未来,能让盲者看到灿烂的光明,能让失聪者听到悦耳的歌声……即使是我们还尚显稚嫩的生命也能焕发出惊人的力量。

史宪军

我美丽，因为我自信 ○余星儿

我告诉自己，每一朵浪花都是独一无二的，都是一道美丽的风景。这就是我，一个因自信而美丽的女生。

　　我没有如花的容貌，也没有过人的才华。茫茫人海，我只是其中一朵极其普通的浪花。但是我告诉自己，每一朵浪花都是独一无二的，是一道美丽的风景。这就是我，一个因自信而美丽的女生。

　　小时候，我胆子很小，许多事情都因怕做不好而不敢去做。老师和爸爸妈妈多次教导我：许多事情不是因为难度大而让人们失去了去做的信心，而是因为失去了自信才难以做到。在他们的鼓励下，我渐渐明白了自信的重要性，也逐渐变得自信起来。

　　记得上小学五年级时，我代表班级参加学校举办的英语演讲比赛。赛前，我在老师的指导下，扎扎实实地练习，作了精心而充分的准备。

　　到了比赛那天，一些参赛选手由于过于紧张，临场胆怯严重影响了他们的水平发挥。见到这种情况，我暗暗给自己打气："别紧张，我能行！"轮到我上场了，我不慌不忙地做了个深呼吸，送给台下的同学们一个自信的微笑，便迈步走上了演讲台。不知为什么，站在台上，我竟一点儿也不紧张，只觉得有一股神奇的力量在推动着我，鼓舞着我。我那天的演讲出乎意料的完美，最后我竟取得了全校第二名的好成绩。站在领奖台上，我忽然觉得自己成了这个世界上最美丽的女孩儿，因为我将"自信"这支画笔握在了手中，为我的人生画卷增添了一抹亮丽的色彩。

赛后，同学们纷纷簇拥着我，夸赞我为班级争了光。而我则从心里感谢自信给了我神奇的力量。我认识到，自信是成功的重要前提，是让自己美丽起来的法宝。

进入初中后不久，学校举行秋季运动会，我报名参赛的项目是400米跑。站在起跑线上，看着竞争对手一个个精神抖擞的样子，我难免有些紧张。但想到自己的体质不错，平时一直在坚持锻炼，很快就信心十足了。我自信地望着前方，想起上次演讲比赛的经历，心情逐渐放松……

随着"砰"的一声枪响，比赛开始了。我迈开大步向前飞奔，风从耳边呼啸而过。同学们的加油声震耳欲聋，更让我信心倍增。我忽然觉得自己不是在比赛，而是在与风儿嬉戏，竟越跑越快，越跑越轻松了。最终，我第一个冲过终点，摘取了初一年级组女子400米跑的桂冠。站在领奖台上，我的眼里闪烁着光芒，嘴角绽放出微笑，这一切仿佛在告诉人们：我，是最美丽的。

其实，做任何事情都不难，关键在于你是否拥有自信；

其实，做任何事情都不难，关键在于你拥有自信的程度；

其实，每个人都可以很美丽，只要你紧握"自信"这根魔杖。

因为拥有自信，所以在困难面前我迎难而上，从不轻言放弃；因为拥有自信，所以我在挫折中变得坚强，在竞争中变得勇敢。我坚信，只要拥有自信，不断努力，我就是最美丽的。

自信加油站

　　自信，本身就是一种美丽。那来自心底的信心十足会在我们的嘴角旋起最迷人的笑纹，会让我们眼中闪出最灿烂的光华，会使我们的脚步更加有力。自信就像一根魔棒，点石成金。把"不可能做到"从我们的人生词典里删除，做一个自信的美丽的自己！

史宪军

打开你的自信罐 ▶刘殿学

靳小莹收到姑姑的自信罐,就像梦中获得一个魔瓶,望着它,心中就能产生力量和信心。

在乡下的学校,靳小莹的成绩算得上是不错的,她还担任着班上的数学课代表。

过完年后,她老爸把她带到城里上学。老爸在城里跟别人合开了一家公司,当上了经理,手里有钱了,人上托人,把靳小莹转入了八中。

八中是全市重点中学。家长们都这么夸八中:"八中八中,十有八中。"就是说,将来考大学,十个同学八个能考上。

进了八中,靳小莹的老爸骄傲地认为,女儿的一只脚已经跨进大学校门了。

可靳小莹并不像她老爸想象的那样顺利,一个连电梯和火车都很少见过的乡下女孩,突然走进繁华的大都市,走进铺着红地毯的重点中学,自信心严重不足。原来在乡下学校,靳小莹也算个风云人物,班上要选班干部,大会要发言什么的,哪一次也少不了靳小莹。而在城里呢,一张张陌生的脸,一双双蔑视的眼,就像一根根针一样,穿透靳小莹的心。成绩再差的同学,都可以在靳小莹面前抬着高傲的头,投来不屑一顾的目光。刚来的那些日子,有的同学连她的名字都懒得叫,就叫她"乡下女孩"。

期中考试,初二年级全体 500 多名同学排名次,靳小莹考了个中腰数,排在 250 名左右。在乡下是个响当当的优等生,到城里竟成了"二百五"了!

不想在城里上学了,还是回乡下吧!这句话,靳小莹一直想对老爸说,又不敢。老爸不知花了多少钱,才把她弄进了八中,上了半年,就要打退堂鼓?老爸肯定会气得想揍她的。哎!没办法,死活先待着吧!

靳小莹老爸也担心靳小莹到城里重点学校跟不上班,常常问:"怎么样,小莹?还跟得上吗?"

靳小莹总说:"还行。"

其实,她自己知道,这样下去会越来越不行的。

于是,靳小莹想到了在南京当中学教师的姑姑,就偷偷给姑姑写了封信,想请姑姑说服老爸,让她还回乡下去上学。

过了好久,姑姑没给她回信,却给她寄来一个小包裹。

靳小莹很高兴,姑姑给她寄礼物来了,迫不及待地打开看——什么呀?!解开一层又一层的包装盒,里边是一个笨头笨脑的小白瓷罐。哎!姑姑寄这个给我干什么呀?土气死了!让人家城里女孩看见,要笑掉大牙的!知道人家现在都送什么礼物吗? MP4,数码相机!

靳小莹再看看,那个笨头笨脑的小白瓷罐上,还有姑姑写的一行字:靳小莹的自信罐。

靳小莹觉得十分不可思议,姑姑为什么寄这个东西给她?里边装的什么宝贝?揭开圆圆的小盖子,手伸进去一抓,里边有许多折好的小纸条。抓出来看看,每张小纸条上都有一句不同的话:

"上帝的旨意,把你重新安排在城里,上帝毫不吝啬地将人生的机遇再一次送给你。"

"我非常羡慕你有这样一次机会。"

"我希望我再小20岁,重新获得这样一次机会。"

"你在信中把自己说得一无是处,不对,我不这样认为。"

"你在乡下曾经是个好孩子、好学生,到城里为什么就不能做好学生?那是你的自信心首先矮了下去。"

"你说你在城里女孩面前没有一点儿长处。人,怎么会没有自己的长处呢?那是你自己先将自己看低了,并不是别人。"

"在有长处的人面前,要想到自己的长处。在比你强的人跟前,要努力拿出自己的强项。"

"任何人在这个世界上,都拥有别人不拥有的东西。你也一样。"

"一个人长期的奋斗过程,就是寻找世界和探索世界的过程。只要与自己的'人生密码'对上号,你就能开启那扇成功的大门。"

"你说你不擅长数学,而语文却是你的强项。你在信中所用的那些词句,都很优美、正确!"

"你说你平时不擅长说话,而你却善于思考。"

"你说你不擅长英语,而你的物理却很棒!"

"你说你是乡下来的,应该还回到乡下去,不!城市是所有人的,城市的文明,也是所有人的。"

"你要像你爸爸一样,要有信心在城里寻找下去。"

"第250名很差吗?那么,第251名以后的城里学生该怎么办?你替他们想过吗?"……

靳小莹确实没想过这么多。是呀,名次排在自己后边的城里学生,他们该往哪儿去呢?自己为什么要给自己寻找逃避的理由呢?姑姑说得多好呀!一切的一切,都是我自己对自己没有信心,自己对自己的背叛!我真的就不如那些城里的女孩吗?某一门功课的成绩比她们差一点儿,可我觉得自己长得比刘莉、王娴她们还好看呢!

靳小莹收到姑姑的自信罐,就像梦中获得一个魔瓶,望着它,心中就能产生力量和信心。她把自信罐放在自己的书桌上，当遇到困难时，就抓出一张小纸条，仿佛能从小纸条上听到一种声音，那声音就像从天外传来的。

到了期终考试，靳小莹进了全年级前 20 名。

靳小莹又给姑姑写了一封信。

姑姑马上给她回信了，信中只有一句话：用你的双脚跨进天堂！

难题是用来克服的，不是用来逃避的。在学习中生活中，我们总会和各种各样的困难打遭遇战。狭路相逢勇者胜，只有勇敢面对现实，找回信心和勇气，找到自己的长处，大胆出击，才能取得最后的胜利。打开属于自己的"自信罐"，细数那里的宝藏，我们也能一路向前，永不屈服。

1分钱的自信 ▶胥子伍

一滴水里的海可以映照一片光辉，1 分钱的自信足以打开财富之门，一份细微的善念足以温暖一生。

表弟在家乡小镇做着小百货批发零售生意。有几次我见他因做成了几分钱微利生意而一脸满足，待顾客走后，我劝表弟，凭他的聪明和智慧，做点大生意，早就发了。可表弟并没有被我的劝言所动，依然在家乡做着老本行，忙忙碌碌，生活过得有滋有味。

去年年底，表弟让我陪他一同去义乌小商品市场进趟货，说是

让我开开眼界,细察做微利生意老板的精明。

表弟把我带到他常进货的一家牙签批发店,批发老板和几个打杂的忙碌不停地照应顾客。私下里,表弟告诉我,这个姓李的批发商,每天批发牙签 10 吨,按 100 根赚 1 分钱计算,他每天销售约 1 亿根牙签,就稳稳当当进账 1 万元,一年下来,仅 1 分钱的微利,就可挣到 300 多万元的利润。

进完牙签,表弟又把我带到一个袜子批发部,生意繁忙的和牙签店不相上下,表弟一边察看袜子的颜色和款式,一边低声地和我算一笔账,像这样普通的摊位,每个月也能销出 70 万双到 80 万双袜子,虽说每双袜子的利润只有 1 分钱,但一年下来,这不足 7 平方米的摊位,就有 10 万元的利润。

进完货,表弟把我带进路边的一家饭店,可我仍在回味那些为 1 分钱利润不停忙碌而充满自信的脸。吃饭的当儿,表弟仍在向我讲解一则则关于 1 分钱成功的事例。

最让表弟佩服的是,一个姓王的农民来义乌打工不顺,他发誓,在义乌不发迹绝不回家。于是他几经考察,租了几间民房,请人改装成简易的车间,拉来一帮同来义乌打工的人,生产无顶太阳帽,在义乌小商品市场批发。意料不到的是,他生产的无顶太阳帽国内市场狭小,却被贸易商中转,全部挂进沃尔玛的卖场。有了这样的天运,王老板抑制住内心的兴奋,小小的作坊在他的努力下,开足马力,一天可生产 20 万顶太阳帽。虽说他也清楚自己生产的太阳帽一挂进沃尔玛,在欧美的超市里身价将会几倍、甚至 10 倍以上飙升,但他不被利润冲昏头,仍然定位只赚一分钱。因为他知道只要坚守一分钱的微利,沃尔玛市场就有他太阳帽的一席之地。

返回的路上,表弟问我,这次来义乌有无收获,我半天不知答他什么好,因为我从表弟自信的脸上,发现他已学会了义乌小商品市场上的生意精髓。且已运用自如,难怪他一周跑一趟义乌,生意忙得有滋有味。

一分钱,看似微不足道,掉在马路上,也不再有人弯腰捡起;甚至连超市、商场也取消了分值入账计算。然而,一些精明的生意人却把这一分钱看得比什么都重要,因为他们从这一分钱中看到了希望,触摸到了成功,感觉到了自信,诚如我的表弟。

以后,我再次光临表弟的小店铺,常把他的一分钱的人生联系到生活中来——对于人生,对于财富,对于善良和爱,一滴水里的海可以映照一片光辉,1分钱的自信足以打开财富之门,一份细微的善念足以温暖一生,点滴之爱同样可以感动众生……关键在于我们是否有一颗"1分钱的自信"这般敏感的心,是否有一种"善小也为之"的执著!

自信加油站

真正的成功不在于钱的数量多少,而是来源于充分的自信,来源于一点一滴积累。一滴水可以映照阳光,一句问候可以温暖他人,一份自信可以赢得人生。成功起步于细微的"1"。 ▶贾珺

操纵命运的手 ▶佚 名

一个人最可怕的敌人是自疑,一个人最可靠的朋友是自信。

研究人员曾在一所著名的大学中挑选了一些运动员,并将这些

运动员分为两组。研究人员要求这些运动员做一些一般人无法做到的动作,还鼓励他们说:"由于你们是国内最好的运动员,因此一定会做到的。"

第一组到了体育馆后,虽然尽力去做,但还是没有做到,失败了。

第二组到了体育馆后,研究人员告诉他们说:"虽然第一组失败了,但是你们这第二组不同。你们把这个药丸吃下去。这是一种新药,能帮助你们发挥出超人的水平!"

结果第二组运动员全部完成了那些有很大难度的动作。

"那是些什么药丸,竟有这么大的魔力?"参加实验的大学生运动员事后问道。

研究人员说:"其实,那只不过是用可以食用的一般粉末制成的类似药丸的东西而已。"

显然,第二组的大学生之所以能完成那些有很大难度的动作,是因为他们比第一组的大学生更相信自己的能力。

自疑或自信对命运影响之重要,在佛罗伦斯 · 加德伟克横渡英吉利海峡的过程中也得到了很好的证明。

多年来,佛罗伦斯 · 加德伟克不断地刻苦训练,决心要成为第一个游过英吉利海峡的女人。

到了1952年,佛罗伦斯 · 加德伟克踏上了挑战英吉利海峡的征程。她出发时充满了希望。在欢送的人群中站满了新闻记者,当然也有一些人怀疑她是否能实现这个壮举。

当她接近英格兰海岸时,翻腾的海面升起了一阵大雾。她母亲把食物递给她,鼓励她说:"坚持下去吧!佛罗伦斯,你可以办到,只不过再游几海里罢了。"

佛罗伦斯坚持向前游了一阵,然后在筋疲力尽的情况下被拉到船上。但是她万万没有想到,上船时自己距离预定的目标仅剩下一百多码了。

当她发现自己距离预定的目标竟有那么近的距离时,真是异常的悔恨。

她后来对新闻记者说:"我不是找借口,我当时若能看到目标,我想我完全可以坚持下去游到岸边。"

不过,她不是那么容易被失败打倒的人。经过调整和训练之后,她决定再试一次。这次,虽然她又遇到了同样的大雾和翻腾的海水,但是她成功了,她成了历史上第一个游过英吉利海峡的女人。

一个人最可怕的敌人是自疑,一个人最可靠的朋友是自信。

自疑能扼杀潜能,将强者变成懦夫,将命运引向失败。

自信能使潜能发挥到极限,将平凡提高到非凡的高度,将命运引向成功。

自疑和自信都是操纵命运的手。

自我肯定和自我怀疑就像天使和魔鬼,天使让我们充满信心、勇气和力量,去战胜困难;而魔鬼则让我们沮丧、自暴自弃,最后在困难面前吃尽苦头,无功而返。这对冤家对头就在我们自己心中,要相信自己,帮助天使战胜魔鬼,我们就能取得一个个好成绩。

史宪军

用信心奔跑的人 英 涛

凭着信心奔跑，完全放松自己，不去管自己跑向何处，只管往前冲。

曾获得奥斯卡最佳电影奖的电影《火战车》，讲述的是一个真实的故事：在 1924 年巴黎奥运会上，一位来自苏格兰高原的大学生以抬头挺胸这种极不权威的短跑姿势闯入了百米决赛，并且被公认为是金牌最有力的争夺者。然而，当他得知百米决赛将在礼拜日举行后，却宣布他将不参加这项决赛，因为他是虔诚的基督信徒，主日里不应该从事任何非纪念主的活动，不应该有任何怠慢神的行为。他的名字叫伊利克·里达尔。

他的决定不仅轰动了巴黎赛场，也轰动了英国上下。还引来许多抨击，说他的决定名义上荣耀了神，实际上却是无视国王的尊严，不顾国家的荣誉。但他仍然闭门祷告，决心不变。虽然英国队长到处说情，但奥委会仍然拒绝改变竞赛日程。于是有人提出让伊利克参加星期二举行的 400 米决赛，给他另一次得金牌的机会。虽然伊利克很少跑中长跑，但他在祷告后还是决定参加 400 米的比赛。

星期二，400 米决赛开始了。很多人来看这位为了荣耀神而放弃百米金牌的人是人还是圣，但是几乎没有人觉得他有获胜机会。因为，中长跑和短跑在技术和风格上都完全不同，伊利克没有多少中长跑训练和比赛的经验。而且，他的跑姿实在太奇怪了，特别是在最后冲刺的时候,他总是闭目挺胸,脸向后仰,双手高举。但是,让人大跌眼镜的事情发生了,在还有最后一百米的时候,只见伊利克奋力摇着双臂,紧握着双拳在空气中摆动着,头向后仰得高高的,膝盖也抬得高高的,一下子就冲到了最前面。最后,伊利克夺得了 400 米比赛金牌,还打破了世界纪录。人们都说他有如神助,因为以他那种姿势根本不可能在田径赛场上夺魁。

伊利克舞动着的双臂看起来真像"风车",但他却凭借这种特殊的跑姿,赢过了许多世界高手,屡次首先抵达终点。如果他在比赛中暂时落后,观众们就会说:"他的头还没向后仰呢!"而真的,只要他高高抬起下巴,头向后仰,他的速度就会突然加快,然后获得冠军。

究竟是什么神奇的力量,让伊利克在头向后仰时突然就获得了动力呢?

在《火战车》这部影片里饰演伊利克·里达尔这个角色的艾恩·查理森,为了了解角色,终于对伊利克采取的这种跑姿有所领悟。他说,他在学习伊利克的这种跑法时,最难的就是头向后仰这个动作,只要他照这种姿势跑,就会看不清路线,根本搞不清楚自己的方向,不是偏离了跑道,就是撞到人。

直到电影开拍了 6 天以后,他突然顿悟了。原来,在戏剧学校时,老师常让他们做一种"信赖训练",当你奋力向着一面墙跑过去时,你要相信有人会适时阻挡你,或者当你从钢丝绳上掉下来时,要相信有人会在下头接住你。他忽然明白了,伊利克在赛跑时,一定也是抱着那种心情,高仰着头,坚信自己一定能跑抵终点。凭着信心奔跑,完全放松自己,不去管自己跑向何处,只管往前冲。只要他充满了信心,精神上得到释放,他自然会仰着头,同时从他的肺部及双腿重新涌出一股力量,那就是他战胜对手的力量。原来,伊利克是靠着自己的信心在奔跑。

抱着坚定的信念,伊利克创造了旁人无法想象的奇迹。那种坚定是一种来自心灵的力量,是夺取成功不可缺少的法宝。如果没有它,即使是天才也可能徒劳无功。所以,抱定必胜的信念,去奔跑,去行动吧,我们一定会成功。

史宪军

魔法师与屠龙剑 ◎佚 名

> 没有一把剑是屠龙剑,也没有一把剑曾经是屠龙剑,唯一的魔法在于你的自信。

有一位胆小的骑士,去魔法师那里学习"屠龙术"。第一天,这位骑士就向魔法师坦言自己是个胆小鬼,他确信:他一定会因过分害怕而无法杀龙。

魔法师叫他不要担心,因为自己可以给他一把杀龙的"屠龙剑",只要这把屠龙剑在手,任何人要杀任何一条龙都不可能失败。因为有了这样一种非凡魔法的支持,那个骑士感到非常高兴:屠龙剑在握,任何骑士,不管他是多么没用,都能够杀龙。那个怯懦的骑士用那把屠龙剑,依魔法师的指点杀死了一条又一条的"龙",解放了一个又一个被龙绑架的少女。

在这个课程快要结束的时候,魔法师对他的学生作了一次小小的测验,派他到野外去杀真龙。在一阵兴奋当中,他很快来到了洞口,要解救一个被绑的少女。这时,那条口中喷火、张牙舞爪的龙冲了出来。这位年轻的骑士把剑抽出来准备攻击这条正在发威的龙。

正当他要砍下去的时候,他却发现自己拿错了剑,这把剑并不是那把屠龙剑,只是一把普普通通的剑。

但是,此时想要停下来已经来不及了,他用那只经过训练的手臂,将那支普通的剑挥舞了起来,出乎他预料的是,那条龙的头居然就这样砍掉了。随后,他腰间系着那条龙的头,手中拿着那把剑,还领着一个少女,无比兴奋地回到了他的老师面前,他赶忙将自己的错误以及自己那无法解释的"勇气"告诉魔法师。

魔法师听完那位年轻骑士的故事之后,笑了。他对那位年轻骑士说:"我想你现在大概已经知道了没有一把剑是屠龙剑,也没有一把剑曾经是屠龙剑,唯一的魔法在于你的自信。"

自信加油站

　　读到这里,我们就明白了,屠龙剑并没有什么魔力,真正的魔力在于骑士的信心和勇气。自信不足的人往往要靠外界的力量得到信心,而真正自信的人则依靠自我心灵的力量获得勇气和力量。当我们胆怯时,不妨沉入心灵深处,寻找那里藏着的宝藏。

◎史宪军

抬 起 头 来　◎陈鲁民

> 最后,他微微一笑:"你很优秀,看不出有拒绝你的理由,美国欢迎你。"

女孩在清华大学建筑学院毕业后,顺利拿到了美国哈佛大学研

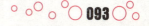

究生院的录取通知书。可是，没想到一切都准备好了，却在美国大使馆签证时连续两次被拒。女孩很伤心，躲在宿舍里哭。

一个要好的同学劝她，为什么不找个咨询公司帮忙，很灵的。女孩动心了，找到一家咨询公司。老板把女孩拿到的签证材料看了一遍，又让女孩详细介绍了两次被拒绝的经过。女孩细声细语地讲着，眼睛低垂，头也低着，不敢与老板对视。老板听着听着，打断女孩：不要说了，你的毛病就在这儿。

原来，女孩性格内向，不善于与人交往，一说话就脸红，还老爱低眼垂眉的，给人一种没有自信的感觉。老板很有经验地对女孩说："你在我们公司主要就训练三项内容——抬起头来，眼睛平视，大声说话。"于是，两个星期里，老板的助手什么也不干，就想方设法让女孩养成抬起头来与人平视的习惯，并训练她大声说话。

第三次签证，半是习惯，半是刻意，女孩始终高昂着头，眼睛直盯着那个签证官，侃侃而谈，应对如流，从容不迫。那个签证官狐疑地看着前两次的拒签记录，嘴里嘟嘟囔囔地说"不自信，吞吞吐吐，不敢抬头"，好像完全不是说的这个女孩儿。最后，他微微一笑："你很优秀，看不出有拒绝你的理由，美国欢迎你。"整个过程只有 5 分钟。

自信加油站

抬起头，挺起胸，顶天立地做一个真实而独一无二的自己，我们会有一种全新的感觉——信心、自强、自尊，是发自内心的一种对自己的肯定和尊重。就这样走在人群中，人们能从我们身上感觉到一种力量，并喜欢和我们在一起。抬起头，挺起胸，做自信的自己！

史宪军

无坚不摧的信心领导 ◎麦 凯

> 只要有信心,不但能带动别人,更可鼓舞自己勇往直前。

我的一位朋友,美式足球教练霍兹,让我深信:一流的球员能将人类体能发挥到极限,普通球队的赢球关键则是教练的领导能力。

霍兹为明尼苏达州立大学效力之前,这球队是前 10 名中的垫底队伍。后来我慧眼识英雄,想尽办法把他从阿肯萨斯州挖角到明尼苏达州掌"兵符"。虽然他只待了两年,仍然使球队打入久已无缘的超级杯大赛。当他再度跳槽到圣母大学,又一手将士气不振、前途茫茫的球队改头换面,使该校队美式足球成为球迷瞩目的焦点。

霍兹只是一个普通人。他只有 145 磅,又是近视眼。他高中及大学的成绩都在榜尾,却拥有出众的影响力。霍兹具备鼓舞士气的本事。

1988 年圣母大学对迈阿密大学暴风队的一役可说明一切。开赛前夕,霍兹发言带动士气:"大家帮我一个小忙。去告诉暴风队教练,我们会打得他们夹着尾巴滚蛋。"这番话引起兴奋的骚动。圣母大学昔日的光荣战绩即将再现,当时的景象真是精彩。

我们交情够好,所以直言无讳。

我开口:"我们两人之中,铁定有一个搞不清楚状况。你刚才说的名言'打得他们夹着尾巴滚蛋',必会登上全国报纸的体育版,当然也会传入迈阿密大学球员休息室。你真的想惹火他们吗?"

霍兹像饱经世故的成年人,向我这个未经世事的小孩子讲述人生奥秘般地说:"在此危急存亡之刻,你的看法根本不是症结所在。我很清楚自己在做什么。迈阿密大学过去4次和我们交手,都把我们打得落花流水,总比分为133:20。头3次虽不是我领军,但球员仍旧认为战况不会改变。他们过去一周的练习表现糟透了!我了解他们的想法,这些家伙不相信自己能赢。他们看到报纸上种种不利的说法,难道我没看到吗?老天在上,我之所以讲那番话,是因为想告诉他们,我真的相信他们办得到。如果连我都不相信能赢,这比赛还用打吗?"

我们到了目的地。霍兹在黑板上写道:

"我们要打得他们夹着尾巴滚蛋。"

然后转身向100名队员问道:"我为什么这样说?"

没人举手。

"我为什么这样说?"

终于有一只手举起来了。

霍兹:"说吧。"

"哦,霍兹教练,我认为我们比较强。"

霍兹一语不发,在黑板上大书:

"比较强。"

"如此而已吗?"霍兹再问。

又有一只手举起来:

"我们的攻击阵式较快。"

霍兹写道:

"攻击阵式较快。"

"还有别的吗?"他再问。

"拦截传球比较厉害。我们能够跑在他们前面。"

霍兹再添一条:

"拦截传球。"

接着他问："好，明天谁打算为圣母大学阻挡对方进攻？"

五只手举了起来。

霍兹大摇其头："你们这些家伙有没有看报纸？过去4场交手中，没人能阻挡迈阿密大学的4分卫瓦许。你们是认真的吗？"

这5个人并未退缩。

霍兹叫出这5个人的名字，在黑板上写下大大的"5"。

"谁打算明天狠狠扑倒瓦许？"

4只手举起。

"且慢，瓦许过去4场没一次失手哦。"

仍然没人退缩。

霍兹一一唱名，在黑板上大大的"5"下面，再添一个"4"。

"现在，明天有谁要截球成功，多拿一次进攻机会？"霍兹又问。

又有5个人举手，霍兹再加上一笔。然后宣布："总共14个人。也就是说，我们可以获得14次转守为攻的机会。我们打都不用打，赢定了嘛。"此话并不尽然。硬仗还是要打，不过圣母队的确以31：30胜了对手。后来打入全国大学足球冠军赛，又以34：21，赢了实力强大的西维吉尼亚大学队。

霍兹以球迷的热情和自己的信心，影响原本毫无自信的球队，赋予他们力量，带来截然不同的结果。每个人都该牢记这个典范：只要有信心，不但能带动别人，更可鼓舞自己勇往直前。

自信加油站

史宪军

　　这个故事告诉我们，信心和勇气是胜利的引路人。拥有信心的团队，握有自信的集体，首先就拥有了胜利的无限可能性。这种勇气和信念就像星星之火，在传递，在蔓延，在成长……当它燃烧成熊熊火炬时，看，胜利不就在我们眼前吗？

凭着信心奔跑，完全放松自己，
不管自己跑向何处，只管往前冲。

第 **5** 辑

做好你自己

在这美丽多彩的世界上，除了花儿的万紫千红和美丽娇妍，也有松柏小草的郁郁葱葱和青翠欲滴。我们每个人都拥有和别人不同的人生，即使我们是一枝静静地绽放在山崖里的百合花，我们的芳香也一样沁人心脾。不要事事羡慕别人，而要懂得相信自己。

我肯定能行 ○刘 艺

> 无论遇到多大的挫折,都不要灰心,要坚信"我肯定能行"。

那年,本以为能考上重点大学的我却意外落榜了。曾经的梦想,曾经的豪情壮志如水蒸气一样被蒸发了。回到家的第三天,村小学的老校长找到了我,他说,学校里急缺老师,希望我能去给孩子们当老师。我勉强答应了下来。我们的村小学是周围几个村子共有的一所小学,有 10 个班,大约有 300 名学生,我负责四年级两个班的语文课。第一次以老师的身份走上讲台,学生们给了我热烈的掌声。我没有做自我介绍就开始讲课,因为我实在对教书没有什么激情。一堂课下来,我也不知道自己都讲了些什么。下课铃一响,我刚要走下讲台,突然有个孩子站起来说:"老师你还没有告诉我们你叫什么名字。"我寻声望去,是坐在最后面角落里的一个男孩子。我看了看他,说:"你们以后喊我刘老师就可以了。"说完,我下了讲台。刚走到门口,我又听见那个男孩子大声喊:"刘老师,我叫王勇敢,小名铁蛋儿。"我回头冲他一笑,走出了教室。身后,我听见同学们哄笑的声音。我心想,这个王勇敢,可真够勇敢的。

第二天上课的时候,我特意把目光投向了教室最后面的那个角落,看见王勇敢正仰着微微有些黑的小脸看着我呢。那堂课我故意点了王勇敢的名,让他来读课文。我刚点完名,下面便爆发一阵哄堂大笑。当他读完课文后,我终于知道了同学们哄堂大笑的原因。王勇敢读的是错字连篇,他能把"坡"读成"披",把"猎"读成"猪"。看来,王勇敢的学习成绩够差的。尽管,他读错了许多字,同学们还不时地笑他,但他好像一点也不在乎,脸上带着憨憨的笑,仿佛他读得很好。

下课后,我在办公室里,和一位老师聊起了王勇敢。这位老师说:"那个孩子学习差得很,他9岁才上学,没上一、二年级,去年直接念的三年级,怎么能跟得上呢?"我问:"那他怎么上学这么晚?""这孩子说起来很可怜,他家在前面的张庄,他爹去年外出打工被车撞死了,他娘扔下他改嫁了,他跟着爷爷奶奶生活。"我心里咯噔一下,我无法把这么悲惨的身世同那个脸上带着憨笑、看起来很快乐的男孩子联系起来。

放学后,我在回家的路上,看见了王勇敢。他背着一个很破旧的书包,别的孩子都是三五成群地走在一起,他却是一个人走在路边,嘴里还嘀咕着什么。我紧走几步,走到他身边。"王勇敢,你走路怎么嘴还不闲着,一个人嘀咕什么呢?"我摸着他的头问。"老师,我在背课文。"他说着,从书包里拿出语文课本,翻开其中一页,指着一个字问我:"老师,这个字念什么?"我看了看,那是个"翼"字。我说:"这个字念'yì',以后遇到不认识的字,老师不在你就查字典。""老师,我没有字典,爷爷说等我语文考了90分,他就会给我买本字典。我一定能的。"他说着攥了攥小拳头。第二天,我把自己上学时用的字典和文具盒等一些学习用品,送给了王勇敢。他接了过去,低下头。我说:"王勇敢,你可要爱惜它们呀。"

放学后,我正急匆匆地往家赶,突然身后有人喊:"刘老师,你等一等。"我停下来,不用转身看,听声音我就知道是王勇敢。他跑到我面前,仰起头说:"老师,我一定要考个90分给你!"我看见他的眼里泛起了泪花。我笑了，摸着他的头，和他一起并肩走。"王勇敢，你觉得哪门课学起来最难？"我问他。"哪一门都难，但我想哪一门都要学好，要赶上去。不然，爷爷就不让我上学了，但我将来还要上大学呢。"他的话充满自信，又略带忧伤。我不知道为什么，他的话一下子击中了我。为什么我连一个孩子的勇气和自信都没有呢？

期中考试，四门课，王勇敢只有数学这一门课及格了。我担心他知道自己的成绩后会难过。没想到，他却找到我的办公室来，很高兴地对我说："老师，老师，我的数学这次及格了！这是我第一次考及格。"说完就跑出了办公室，像一只快乐的小鸟。

我怎么也不明白，一个遭遇这么悲惨、学习成绩被别人远远抛在后面的孩子怎么会有这么难得的自信，这么难得的乐观。而我呢？曾经的豪情壮志经不起一次落榜的打击，曾经的梦想不知丢到哪里去了。那个学期王勇敢是班里唯一没有缺课没有迟到的学生。虽然他没有考到90分，但是期末考试他四门课全部及格了；尤其是语文成绩，竟然考到了82分。虽然他没有考到90分，但他并未感到沮丧，只是很认真地对我说："老师，我能行的，我一定能考90分给你，你等着瞧吧！"

第二学期，我也成了一名学生，只不过是自学。我决定通过自学考试来拿文凭，并且我要在心中重新把我的梦想树立起来，把曾经的豪情壮志找回来。

现在，我已经成为一所重点中学的特级教师，而当年那个自信、乐观的小男孩王勇敢也已经在上海一所大学读书。每一学年开始，我都把王勇敢和我自己的故事讲给我的学生听，我希望他们无论家庭是贫是富，学习成绩是好是差，无论遇到多大的挫折，都不要灰心，要坚信"我肯定能行"。

王倩

　　王勇敢有一颗像他的名字一样勇敢的心。世上无难事，只要肯登攀。其实，我们在做事情时，缺少的只是一颗心，一颗在艰难困苦面前毫不退缩的心。只要有那颗勇敢的心，大声说："我能行！"就能放飞心灵的翅膀，让梦想成为现实。

蜘蛛侠的地图　○沈岳明

　　蜘蛛的长腿给了我信心，使我可以冷静地凭知识正确地判断出方向。

　　喜欢冒险的汉斯来到姨父姨妈家，决定攀爬他们家附近那座神秘的大山。姨父说："真不巧，这几天我很忙，因为我的族人等着我开会。等我有时间了，再带你去吧。没人领着，你很可能会迷路的。"

　　姨父是族长，主持族人开会是他的头等大事，汉斯不希望影响他，便说："怕什么，那我就一个人上山。万一迷路了，我就用手机打你的电话，向你求助。"姨父笑着说："那好吧，祝你一切顺利。"汉斯自信地说："好的，我相信自己一定能够安全返回。"

　　汉斯一个人出发了，一路上都很顺利，可到达山顶后正准备折返时，突然狂风大作。姨父说过，必须等大风过去了，才能继续行走。汉斯只得找了个避风的地方，拿出睡袋钻了进去。一个小时后，汉斯从睡袋里爬出来，眼前竟然没有路了。

　　汉斯原地转了一圈，看得见的地方都是那么眼熟，却不知哪条才是通到山下姨父姨妈家的路。汉斯想打电话向姨父求助，可是，除了那个睡袋，他的身边什么都没有了，刚才的大风将他的行囊刮得无影无踪。

汉斯无计可施，只好收起睡袋，准备尝试探路下山，却在睡袋里发现了一张简易的地图。呵，肯定是姨父有意放进去的！汉斯来了精神，根据地图的指示，边走边判断，终于顺利地下了山，回到姨父家。

一进门，汉斯就向姨父道谢："我真的迷路了，可是手机让风吹跑了，没办法向你求助。多亏了你的地图，不然，我不知道几时才能'摸'下山呢。"

姨父奇怪地问："地图，我什么时候给过你地图？"

汉斯拿出那张地图说："不是你放进我的睡袋里的吗？"

姨父接过地图一看，哈哈大笑起来："这是你的小表妹画的'超级蜘蛛侠'，你看，这些线条不都是蜘蛛的长腿吗？"

汉斯惊奇地说："可是，我真的是拿着这张'地图'找到下山的路啊。"

姨父说："哦，我明白了，这张'地图'确实有功劳。"

汉斯略加思索，笑了："我也明白了。蜘蛛的长腿给了我信心，使我可以冷静地凭知识正确地判断出方向。"

自信加油站

有时候，生活会给我们开善意的玩笑。无意中画的图案能帮我们走出迷途，不经意间说出的话能让我们找到通往梦想大门的路……这一切只因为那些不经意已经为我们的心注入了坚强的信念和顽强的信心。只要有梦想，有信心，有勇气，一切皆有可能。

王倩

做最出色的自己　◎佚 名

> 他们没有食言，8 年以后，他们果然成了日本名副其实的第一流的鞋匠和裁缝师。

在日本，有一个毕业班的语文老师给学生布置了一篇作文，题目叫《希望》。

"当一名大公司的职员！""做一名科学家！""成为一名医生！"同学们的希望可谓五花八门。老师忘记了时间的流逝，兴致勃勃地批阅着学生的作文。他发现其中的两篇作文与众不同，一篇作文是学习成绩差而性格开朗的冈田正一所作；另一篇是患过小儿麻痹症、体质瘦弱的大川一郎所写。

冈田正一在作文中写道："我的爸爸原来是个鞋匠，在我幼小的时候就去世了，因此，我对爸爸没有什么印象。但我听说爸爸是个手艺高超的鞋匠，所以，我要做日本第一流的鞋匠。"大川一郎的作文则是这样描述的："我的身体不好，不能做一般人都能做的工作。幸运的是，我有一个亲戚在东京做裁缝，我想：自己虽然不那么灵巧，但如果拼命地学习，一定能做出漂亮的衣服。将来，我一定要做一名日本第一流的裁缝。"老师面对桌上摆着的这两篇作文笑了，正一和一郎好像预先商量好了似的，都要做一名"日本第一流的"。这两名不起眼的少年有着自己美好的理想，对未来充满了信心和希望。

毕业典礼结束的那天晚上,正一和一郎到了老师家里。"老师,我决定明天就去金泽市,到冈田鞋店当见习工。"正一信心百倍地说。"老师,明天我要坐3个钟头的火车到东京,不久,我就要成为裁缝了。"一郎苍白的小脸上泛着红晕。"你们都要朝着做所在行业的日本第一流的方向出发了。无论在哪一行争做第一流,这条道路都会充满艰辛与困难的,但不管发生什么事,都不要泄气。"听着老师语重心长的嘱咐,两位少年不住地用力点着头。

他们没有食言,8年以后,他们果然成了日本名副其实的第一流的鞋匠和裁缝师。在东京,只要一说起鞋匠正一和裁缝一郎,人们都会竖起大拇指。

自信加油站

纵然不幸,但是谁又能抹去我们的希望和力量!纵然弱小,但谁又能否定我们相信自己,要做最好的自己的渴望!相信自己,不仅相信自己的能力、智慧,同时也要相信自己的意志和与众不同,相信自己只要努力,就能实现自己的梦想。

王倩

我就是喜欢我　◎佚名

我没办法像你那样游泳和跳跃……因为我是一只野兔,而你是一只青蛙。但是我们大家都爱你。

"我好幸运啊!"青蛙一边欣赏着自己在水中的倒影,一边说,"我漂亮,会游泳,跳水又比其他人跳得好。我是绿色的,而绿色是我最喜欢的颜色。这世上最美好的事就是做一只青蛙。"

"那我呢?"小鸭问,"我是白色的。难道你不觉得我也很漂亮吗?""才不呢!"青蛙说,"你身上没有绿色。""但是我会飞,"小鸭说,"而你不会。"

"哦,是吗?"青蛙说,"我从没有看你飞过。""我是有点儿懒。"小鸭说,"但是我可以飞。你看!"她跑了几步,大声地拍动着翅膀。然后,小鸭突然从地面升起,优雅地飞向天空。她飞了几圈之后,降落在青蛙面前的草地上。

"太棒了!"青蛙大叫,崇拜地说,"我也想要飞!""你不行!"小鸭说,"你没有翅膀。"然后很得意地回家了。

于是青蛙一个人开始练习飞行。他向前跑了几步,然后张开手臂,上下拍打。但是不论他怎样努力,都没办法飞离地面。

青蛙变得很灰心。我是一只没用的青蛙。他想,我连飞都不会。真希望自己也能有翅膀。突然青蛙想出了一个聪明的办法。他相信只要是小鸭能做的,他也能做。

青蛙花了一个星期的时间,用一块旧床单和一些细绳做了一对翅膀。他终于可以做一次试飞了。

他爬上河边的山丘,像小鸭一样,跑了几步,然后张开手臂,跳向天空。

开始,他像鸟儿一样在天空中盘旋了一会儿。但是不久,翅膀断了。他就像石头一样落下来,"啪"的一声,掉进了河里。这至少还算是安全降落。

老鼠看到青蛙狼狈地从水里爬出来。"你要知道青蛙是不会飞的!"他说。"那你呢?"青蛙问。"当然不会!"老鼠说,"我又没有翅膀,但是我很会做东西。"

青蛙在回家的路上一直想着这件事,他打算去问问小猪。青蛙到的时候,小猪正从烤箱里拿出一个蛋糕。"小猪,你会不会飞?"青蛙问。"当然不会了!"小猪说,"我想我在天上可能会吐。"

"那你会什么呢?"青蛙问。"很多东西啊!"小猪骄傲地回答,"我能做世界上最好吃的蛋糕,而且我很漂亮。我全身是粉红色的,粉红色是我最喜欢的颜色。"青蛙不得不承认这是事实。

我打赌我一定也可以做蛋糕。青蛙回到家后想着。他将所有他能找到的东西都丢进碗里,像小猪一样进行搅拌。

青蛙再把搅拌的东西丢进平底锅里,放到炉子上。看吧!青蛙心想,我的蛋糕一定很好吃。

但是没过多久,浓烟从锅里冒了出来,有一股很难闻的味道。蛋糕烤焦了。"我连蛋糕都不会做。"青蛙觉得很伤心。

他跑去找野兔。

"我可不可以和你借一本书?"青蛙问。

"你会认字吗?"野兔惊讶地问。

"不会!"青蛙说,"或许你可以教教我。"

"你看!"野兔说,"这是字母 O,这是字母 A,这是字母 K,还有这……""好了,知道了。"青蛙没耐心听完,就夹着书跑回家了。

青蛙舒舒服服地坐下来,打开书。但是书上充满了陌生的符号,青蛙一个字也不认得。一小时以后,他一点也没有变聪明。"我再也不要看这本书了!"青蛙说,"这太难了。我只是一只既普通又愚蠢的青蛙。"

青蛙沮丧地将书还给野兔。"怎么样?"野兔问,"你喜欢吗?"青蛙遗憾地摇摇头,"我不认识字、不会烤蛋糕、不会做东西,又不会飞。你们都比我聪明。我什么都不会。我只是一只普通的绿青蛙。"青蛙哭着说。

"可是,青蛙啊!"野兔说,"我也不会飞呀!也不会烤蛋糕或做东西。我没办法像你那样游泳和跳跃……因为我是一只野兔,而你是一只青蛙。但是我们大家都爱你。"

青蛙陷入了沉思,他走到河边望着水中自己的倒影。这就是我!他想,一只穿着条纹泳裤的绿色青蛙。

突然间,青蛙感到非常愉快。野兔说得对,他想,我很幸运是一只青蛙。然后他快乐地一跳——一个很大的青蛙跳,这可是只有青蛙才能做得到的啊。他感觉自己像在飞。

上帝是公平的,我们每个人天生都有属于自己的天赋和特长,重要的是不要埋怨自己有的地方不如别人,而是细细寻找属于自己的天赋,付出努力,发展它,完善它。做一只青蛙和做一只野兔其实都是一样的,拥有一样的快乐,一样的自由,一样追求梦想的权利。

史宪军

自信的俄罗斯小姑娘　◎佚　名

> 你回去时可以告诉别人,就说今天陪你玩的,是俄罗斯的一位小姑娘。

一次,萧伯纳代表英国去苏联参加一个活动。当他在大街上散步时,见到一位可爱的俄罗斯小姑娘,胖乎乎的脸蛋,长长的辫子,俏皮极了。他忍不住停下脚步,把自己当成一个孩子和小姑娘玩了起来。小姑娘也很喜欢这个和蔼可亲的外国人,和他玩得很开心。

玩了很长时间,萧伯纳该走了。分别的时候,萧伯纳俯下身,用一只大手放在小姑娘的脑袋上,说:"你回去可以告诉你妈妈,就说今天陪你玩的,是世界上有名的剧作家萧伯纳。"

他原以为小姑娘听完以后会高兴地跳起来,没想到,小姑娘听到后却十分平静,她拉着萧伯纳的手,抬起头天真地说:"哦,我不像你那么出名,我只是一个和别人一样的小姑娘而已,不过,你回去时可以告诉别人,就说今天陪你玩的,是俄罗斯的一位小姑娘。"

萧伯纳听了,愣了一下,他意识到自己有些太自以为是了,同时也深深地佩服这位小姑娘自信的神情。

从那以后,每当说起此事,萧伯纳还会说,这位俄罗斯小姑娘是他的老师,他一辈子都忘不了她。

自信加油站

      俄罗斯小姑娘的可爱可敬之处正在于她的不卑不亢。她不仅是萧伯纳的老师,也是我们的老师。她教会我们永远不要妄自菲薄。生活就像一片闪着星辰的夜空,闪光的星星到处都有,但千万不要被别人的光彩遮住眼睛。我们有自己闪着璀璨光芒的自信和自尊,我们也是一颗闪耀的明星。

王倩

做自己的偶像 ○英 涛

> 这一天她所得到的赞美,不是因为蝴蝶结,是因为自信。

金发、美颈、长腿,无可挑剔的容貌加之举手投足间的贵族气质,能给体操注入不同寻常的东西,散发出成熟女性的美,俄罗斯的体操皇后霍尔金娜是体操界少有的奇才。她获得过1996年亚特兰大奥运会女子高低杠体操冠军，2000年悉尼奥运会女子高低杠体操冠军，共夺得10枚世锦赛金牌。还夺得过3次欧锦赛全能冠军，连续5次夺得欧锦赛高低杠冠军。

雅典奥运会，25岁的她带着奥运会3连冠的梦想而来。可惜，在一个跳转动作后她出现了抓杠失误，坚持片刻后还是掉下了器械，最后她只获得了8.925分。金牌拱手让人，霍尔金娜悲情谢幕。

然而，如一只高傲的天鹅的霍尔金娜，一向有自己与众不同的做派：赛前，她从来不热身；赛后，她也拒绝承认失败。在自由体操场地上完成最后一个动作后，她就走到台下，不屑观看对手最后一轮的比赛。等她再出现在人们的眼前，傲然的她一边展开一面俄罗斯国旗，一边向观众招手致意，俨然一派冠军风度，让记者们为了把焦点对准她还是真正的冠军帕特森而难以取舍。这时，全场的观众都起身鼓掌，他们的掌声献给的不是冠军，而是美丽的冰美人霍尔金娜。

"我依然是奥运冠军，大家都还会记得我在亚特兰大和悉尼的表现。"霍尔金娜的潇洒和在她旁边为她失去金牌而默默流泪的队友成了鲜明的对比。霍尔金娜就是这么自信着，她说，在她的人生字典里，没有什么偶像，她的偶像就是她自己。所以，在霍尔金娜的人生中，她永远是自己的冠军，永远不会对自己失去信心。

能够自信地活着的人生，才是美丽的人生。有部叫做《我是金三顺》的韩国电视剧，曾创下2005年韩剧电视50.5％的最高收视率，饰演那位又胖又不漂亮的"金三顺"的演员叫金善雅。本来默默无闻的金善雅是用一个故事打动了导演，才成功争取到了"金三顺"这个角色的。

小时候的金善雅因为长得不漂亮，所以总是低着头不敢看人。

那天,她买了个绿色的蝴蝶结戴在头上,饰物店老板连声夸她好看。金善雅不大相信,但是因为被夸了,心情好,所以不知不觉就昂起了头。走出店门后,她边走边轻快地哼着歌,发现自己的回头率还挺高的。走到学校时,老师看见了她,拍拍她的肩说:"善雅,你抬起头来真美!"

受宠若惊的金善雅觉得这一定是蝴蝶结的功劳,然而当她后来一照镜子,却发现头上什么也没有,她这才想起刚出饰物店时,被人撞了一下,应该就是在那里掉了。而这一天她所得到的赞美,不是因为蝴蝶结,是因为自信。

导演一下就看中了她,因为金善雅的故事道出了"金三顺"这个电视剧的精髓:有时候,外貌怎么样并不重要,自信才是更重要的美。我们不能因为没有美丽的外表而丢掉了追求快乐的心。

人生就是这样,头上的蝴蝶结、外在的美貌、身外的名利,不一定都能拥有,拥有了也有可能随时失去,但如果能像霍尔金娜那样,做自己的偶像,不管输赢也永远保有谁也夺不走的自信,那么,你就能拥有一个快乐而美丽的人生。

自信加油站

霍尔金娜之美,美在不为现实的名利所累,不为一时的失败所悲;"抬起头来真美!"美在金善雅抬起的头,而不在早已丢掉的蝴蝶结。人们总会把外在的东西看得过于重要,而忘记了自己的价值,从而没有了自信。其实,美丽并非来自别处,而是我们的自信心。

贾珺

做一颗高速旋转的钻石　◎王者归来

> 与其浪费精力争辩,倒不如拼尽全力让自己旋转起来,甩掉身上的尘沙。

刚刚挖掘出来的钻石表面,总有一些难以清除的杂质尘埃。为了将这些杂质清除,人们便将钻石放置在特殊的清洁仪器上,让钻石飞快地旋转起来。于是,这些看似无法除去的杂质,便被高速旋转的钻石狠狠地甩了出来。清除了瑕疵的钻石,也立刻晶莹剔透起来,大放光彩。

小飞天生有一副好嗓子,考上中专后,她便在北京的一家酒吧做歌手。虽然不是主唱,但她独特的气质和天籁般的嗓音,常常在舞台上吸引了无数的眼球。随着时间的推移,小飞渐渐有了名气,很多人都成了她的歌迷,来请她参加演出的邀请也越来越多。有一次,在露天广场等待上场的她看见一个大人带着孩子经过,她调皮地冲着可爱的孩子眨了眨眼睛。没想到,孩子的家长当着她的面告诫孩子,如果将来不好好学习,就让他也上街头来唱歌。小飞听了之后,差点儿没晕倒过去!

不过,小飞事后想想人家的话也有道理,难道自己就在酒吧里唱一辈子歌不成?她歪着小脑袋开始琢磨,自己上的学校也不怎么好,再这么浪费年华,最后很可能就一事无成了。想明白了这些之后,她便决定根据自己的实际情况报考一所著名的艺术学校。从那之后,她一有时间就开始复习教材,专心致志地读起书来。很多人都不理解她的决定,有人就劝她,在酒吧唱歌既有丰厚的收入,又有充足的时间,何必还去学习那么难的课程,报考那么严格的学校呢?小飞也不辩解什么,只是继续埋头读书。不过,报考艺校的课程真的很难学,尽管尽了全力,可还是进展缓慢。这时,一些不和谐的声音又响了起来。有人好心地劝她恢复以前的生活,有人冷眼旁观等着看笑话。付出了那么多的努力,可还是收效甚微,身边还有那么多让人烦躁的声音,小飞自己也有些没信心了,心情也急躁了起来。越是心急就越难有什么进展,小飞急得团团乱转,恨自己不争气。只好在大街上拿废弃的易拉罐解气。

为了不让急躁的情绪继续蔓延,小飞把每天的日程都排得满满的。演出,上课,读书,拜师,每天背着自己的乐器乐颠颠儿地在北京的大街小巷间四处穿梭。人一旦忙了起来之后,也就没有时间去想别的了。每天的功课都做不过来,更没有时间去听那些刺耳的声音了。

日子就这样一天天飞逝而过。繁忙的小飞变得越来越自信,她的成绩也越来越好,最后轻松地考上了她梦寐以求的艺校。那些质疑的声音也一下子消失得无影无踪了,剩下的只是鲜花和掌声。从那之后,小飞就让自己每天都充实地生活着。上了艺校之后,她不仅在功课上投入了大量的精力,甚至还组建了自己的乐队,而且频繁地参加各种校外活动。

后来,她在一个偶然的机会里参加了一个选秀节目,从此迅速走红。她那天使般的嗓音、脱俗的气质征服了越来越多的人。如今,这个叫许飞的女孩儿,已经是红遍大江南北的歌手了。

我们每个人,都是一颗被播撒在凡尘中的钻石。当我们与沙土为伴时,没人看得见我们的光泽。与其浪费精力争辩,倒不如拼尽全力让自己旋转起来,甩掉身上的尘沙。

做一颗高速旋转的钻石吧!不要因为沙土的嘲笑和暂时的困境,就怀疑自己的价值。只有你旋转起来,世人才能看清你的光彩!

自信加油站

我们每个人都要相信,自己是一轮灿烂的朝阳,是一颗璀璨的钻石。相信自己,意味着要坚定,优柔寡断和半途而废都不能让我们放射出真正的光彩。我们要自始至终,死心塌地地相信自己——钻出乌云,抖掉沙尘,付出努力,我们就会大放异彩。

▶史宪军

做好你自己 ❯慕容双涵

> 不要因为别人的长处而苦恼,首先要做好你自己。

在一个晴朗的下午,庄子正坐在院子里晒太阳。他的一名弟子来访:"老师,最近有一件事情令我很苦恼。"

庄子问:"是什么事情令你这样苦恼?"

弟子满面愁容地说:"我发觉最近自己的记忆力很差,而邻桌的同学每天记住的知识比我多很多。我十分羡慕他,却不知道怎样才能提高自己。"

庄子笑了一笑,没有正面回答,而是给他讲了个故事:

在远古的时候,有一种动物叫独脚兽。一天,它在路上遇到了多足虫，见到多足虫有许多的脚，便问："多足虫先生，我天生就一只脚，只要跳跃着行走就可以了，十分简单方便，可是你却有上千只脚，数都数不清，难道你走路的时候不觉得麻烦吗？"

多足虫笑了笑，说："你这么理解就错了。你看天上下的雨，那些雨滴有大一些的，也有小一些的，你我都没有办法数清楚雨滴的数量，也不能把它们分清，可是雨还是自然地落到地上。所以，即使我生有一万只脚，但是我顺其自然地行走，并不会觉得麻烦。"

多足虫遇到了蛇，看到蛇没有脚，却比自己走得快很多，于是便疑惑地问："我身上有这么多的脚，你没有脚，而我却没有你走得快，这是为什么呢？"

蛇回答："我生有强有力的腹部肌肉，然后带动腹部的鳞片来行走，这种天生的行动方式本来就无法更改，我哪里还需要脚来提高自己的速度呢？"

蛇遇到了风，看到风的行动比自己快很多，便说："多足虫有那么多脚，却没有我走得快，而你呼啸着从遥远的北海到这里，一会儿就可以到达南海。为什么你同样没有脚，速度却要比我快几千倍呢？"

风回答说："是啊，我瞬间就可以从北海刮到南海，速度确实很快。可是普通人用手指着我、用脚踢我也可以胜过我，然而，折断大树这种事情只有我风才能做到。我有自己的强项，也有别人可以察觉的弱点。就像你羡慕我的速度一样，我同样也羡慕你拥有外形啊。"

讲完这个故事后，庄子对那位弟子说："我们每个人都可以是独脚兽、多足虫、蛇或者风，所以，不要因为别人的长处而苦恼，首先要做好你自己。"

那名弟子再没有因为自己的记忆力不如别人而苦恼。几年后，他终于也成为一位博学的人。

▼王倩

　　在这美丽多彩的世界上，除了花儿的万紫千红和美丽娇妍，也有松柏小草的郁郁葱葱和青翠欲滴。我们每个人都拥有和别人不同的人生，即使我们是一枝静静地绽放在山崖里的百合花，我们的芳香也一样沁人心脾。不要事事羡慕别人，而要懂得相信自己。

相信自己独一无二 ▶李斌

　　你自己本身也是绝无仅有、独一无二的。你的外表、动作、个性和思想都是唯一的。

　　有一位收藏家，专门喜欢收集和买卖一些稀少的、有纪念价值的物品，即使是要花再高的价钱，他都在所不惜。有一次，他听说在英国，有人要拍卖世界上最古老的邮票，十分心动。他想，机会难得，于是赶紧前往拍卖会场。到了现场，他发现这是最少见的邮票，世上只存有两张，而这两张邮票都在会场上准备被拍卖。拍卖的最后，这位仁兄各以 100 万英镑买下了这两张邮票。出手之阔，惊动了拍卖会场，大家不知道他为何要出这么高的价钱。

　　就在众人仍然还在议论纷纷的时候，这位收藏家走到台上，向大家宣布："各位都看到了我以 200 万英镑购得这世上仅存的两枚邮票，现在我要做的是，把其中一枚烧掉。"讲完之后，他就从口袋里拿出打火机，果然把其中一枚给烧掉了。当时，来宾个个愣愣在那里,他们不敢相信这是真的,难道他真的发疯了?

这个时候,收藏家又说:"大家都看到了,我已经烧掉了其中一枚。换句话说,我手上的这一枚是世界上独一无二的,它,才是真正的无价之宝!现在,我要把它卖给懂得鉴赏它的人,请大家出个价吧!"这时,喊价声不绝于耳,大家争先恐后想要获得这独一无二的至宝,最后,竟然以500万英镑成交,打破了有史以来最高的纪录。收藏家转眼之间就赚了300万英镑!

如果你也拥有一个全世界独一无二的稀有之宝,你会如何珍惜它呢?可是,你是否想过,你自己本身也是绝无仅有、独一无二的。你的外表、动作、个性和思想都是唯一的,过去没有,现在没有,将来也不会有其他的人跟你一模一样。在这天地之中,你就是你,无人可以取代!我们每一个人都是地地道道的"天生赢家"。我们每一个人都具备了赢家的特质和潜能,只要后天多加努力,那么我们每一个人都有成功的希望。

自信加油站

如果我们心中抱着梦想,就不要再犹豫彷徨,在岸边做一个漫不经心的学游者,不如真正跳入水中去奋力拼搏。只记住这样一句话"相信自己",不管何时何地,我们都是独一无二的存在,都是无可替代的宝藏。去做自己喜欢做的事,成功就不会远了。

史宪军

自信的高度 ◎崔鹤同

> 以后不管什么时候都不要给自己设限,而且要把横杆不断地往上抬!

马富才同学因为车祸,留下了残疾,走路一瘸一拐的,他开始在心里自卑起来。由于怕同学们笑话,他从此闷在教室里,不再去上体育课。

又是一次体育课,杨老师听了他一贯的理由之后说:"你和我们一起做广播体操总可以吧?"看着老师征求意见的眼神,马富才感到无法拒绝。可就在一套广播体操之后,杨老师又安排了跳高训练。同学们一个一个都跳了过去,马富才的名字被叫响了,面对第二次呼叫,他气愤地说:"不行!你明知道我这个样子,为什么还要让我跳?"

"你看,这么低的高度!你一定能跳过去的!为什么要把自己当成一个残疾人、窝囊废呢!?"杨老师的话像一根钢鞭,抽得他生疼。

话音刚落,马富才像疯了一样向跳杆冲去,并顺利地跳过了横杆。之后,在杨老师的特意安排下,他一次又一次地跳过了横杆。下课之后,杨老师拍着马富才的肩膀告诉他,第二次之后,横杆的高度已经被自己悄悄地抬高了,但他还是跳了过去。老师意味深长地告诉他:"以后不管什么时候都不要给自己设限,而且要把横杆不断地往上抬！"

这次体育课之后，马富才同学渐渐恢复了自信。他走出了自卑自怜的阴影，他不再逃避。他和同学们一起出早操，一起跑步，并在体育课上主动将横杆的高度一次次往上抬，又一次次地成功越过。

最可喜的是，由于不断锻炼的原因，马富才同学的病情日见好转，心理和身体的疾病都得到了改善，并顺利地考上了大学。

塑造人重在塑造心灵，而自信是心灵的脊梁。大学毕业之后，马富才到一家省级银行工作，并且工作得非常出色。每每在事业上徘徊不前的时候，他便想起了老师的那句话。那句话使他不由得提高了自信，越过了重重阻碍，奔向了成功与希望。

 自信加油站

"自信是心灵的脊梁。"一句道破了勇气和信心对于我们成长的意义。不要在困难面前寻找借口和理由，如果我们愿意相信自己，抬起头，挺起胸膛，向前张望，那么梦想和目标就在不远的地平线上，它们像花儿一样，期待着我们跨过重重障碍去领略那醉人的芬芳。

◆ 王倩

你是老虎不是山羊 ◎佚 名

它的吼声虽不及那头大虎那般雄壮，但谁又能够再对它产生怀疑呢？

有这样一个有趣的故事：

一只小老虎因母虎被杀而被一头山羊收养。接下来的几个月

里,小老虎喝母山羊的奶,跟小山羊一起玩,它在尽力学习去做一只山羊。

过了一阵子,事情越来越不对劲,尽管这头小老虎努力去学,它仍不能变成一只山羊。它的样子不像山羊,它的气味不像山羊,它也无法发出像山羊一样的声音。其他山羊开始怕它,因为它玩得太粗鲁,而且它的身体太大。这头小老虎退缩了,它觉得被排斥,觉得自己不如别人,但它不知道自己究竟错在哪里。

一天,传来一声巨响!山羊们四散奔逃,只有小老虎坐在岩石上不动。

一头庞大的巨兽走向它所在的空地,它的颜色是棕色,中间夹杂着黑色条纹,它的眼睛炯炯如火。

"你在这羊群中干什么?"那个入侵者对小老虎说。

"我是一只山羊。"小老虎说。

"跟我来!"那头巨兽以一种权威的口吻说。

小老虎发抖地跟着巨兽走入丛林中,最后,它们来到一条大河边。巨兽低头喝水。

"过来喝水。"巨兽说。

小老虎也走到河边喝水,它在河中看到两头一样的动物,一头较小,但都是棕色并有黑色条纹的。

"那是谁?"小老虎问。

"那是你,真正的你!"

"不,我是一只山羊!"小老虎抗议道。

突然,巨兽拱起身子来,发出一声巨吼,整座丛林仿佛都为之动摇不已。等声音停止后,一切都变得静悄悄的。

"现在,你也吼一下!"巨兽说。

小老虎张大嘴,最初很困难,但它终于吼出了声音来,虽然像是在呜咽。

"再来！你可以办到！"巨兽说。

最后，小老虎感到体内有股东西在蠢蠢欲动，一直涌到它的小腹，逐渐地弥漫它全身，这时，它再也忍受不住了，竭尽全力地吼了出来。

"现在！"那头大斑斓虎说："你是一头老虎，不是一只山羊！"

小老虎开始明白，它为何在跟山羊玩时感到不满意。接连3天，它都在丛林漫步。

此后，当它对自己是一只老虎感到怀疑时，它会拱起身子来大吼一声。它的吼声虽不及那头大虎那般雄壮，但谁又能够再对它产生怀疑呢？

自信加油站

也许，我们在没有发现自己的潜力时，总是把自己当成一个失败者，一个弱不禁风的人。但是如果我们能像那只小老虎一样"大吼一声"，就会发现原来我们也一样很棒。相信自己，带着对梦的执著，我们终将驶向成功的彼岸；相信自己，只要那个愿望还在燃烧，就一定能从内心深处迸发出无限的勃勃生机。

王倩

第 **6** 辑

藏在信里的天使

别人的鼓励是世间最珍贵的礼物，鼓励创造自信，自信产生勇气，勇气改变人生。自信和勇气于人而言，是酷暑里的一阵风，是沙漠里的一泓水，是黑夜里的一盏灯……有自信和勇气的人，就能创造奇迹。如果有可能，我们也应该把这份勇敢和自信带给我们身边有需要的人。一句鼓励的话，或许就能改变人的一生。

信 心 是 路 　陈光岳

信心是希望的种子,只要有适宜的土壤,它就会生根发芽,开花结果。

　　我第一次离开校园时,只有 14 岁。父亲对我说:"娃,你已经读完 7 年书了,你读书,只能保你自己,弟妹都大了,让他们也读几年吧!"就这样,为了下面 4 个弟妹能上几年小学,我这个当哥的只好放弃了学业。

　　然而,我并不死心,我坚持要读书,我相信自己能考上大学,能和其他的山里娃一样走出那"兔子不拉粪"的穷山沟。于是上山挖土带着书,砍柴带着书,下田干活书也不离左右。父亲无奈,辍学两年之后,给了我一个特别优惠的政策:"想读书,自己想办法弄学费。"

　　从此,我开始了艰难的赚钱路。这年年底,我跑到在几百里之外找给别人做砖瓦的外公,请他借钱给我读书。外公年已 70 岁,家里不好待,万不得已才离家混日子的,一年忙到头,手里也见不到几个钱,面对 30 多元钱的学费,他也无可奈何地摇了摇头。但是外公给我出了个主意,当地毛竹多,要我和当地的小伙子去砍毛竹卖。

　　12 月底的冬天,已到处是白雪茫茫。我和当地的农家小伙子和姑娘们脚穿草鞋,爬十几座山去砍毛竹。其实,那地方砍毛竹卖钱很不容易。清早出门,到下午 4 点左右才能往回赶。在回家途中,有一个特别高的山口是必经之路。山口是当地的最高处,海拔2000多米,别的地方的雪,踩上去会有一个深深的脚印,而山口的路面则是坚冰一块,草鞋踩在冰上,毛竹压在肩头,十几人的长队在宽不盈尺的山路上一步一步地爬行。爬过山口是陡峭的下坡,弯弯曲曲的山路下面是一片秋天收割的包谷地,一望无边,深不见底,稍不小心滚下去一定会粉身碎骨的。我拖着3~4米长的毛竹,脱掉草鞋,用袜子和膝盖在同伴的前后夹持下一寸一寸地移行,好不容易才爬过那近百米长的险路,袜子破了,膝盖骨上磨出了血。时过18年,想起那时光景,心里还在打战。

大年三十的前一天,室外下着大雨,同伴们走了十几里路后不想走了。这时有人提议:何不就近取材,去偷附近农民种的毛竹。他说:要过年了,看山的人一定回家了。一会儿,十几个小伙子和姑娘们一下子溜进了路边的毛竹地。谁知,进去不到半小时,一声接一声的哨子声从四面八方蜂拥而来,几十杆鸟枪包围了这片竹林,我们被"俘"了。放人的条件是每人罚款5元。轮到我时,仅从我身上搜出了一本英语单词手册和一支才值几角钱的钢笔。问我话时,我如实交代了我来偷毛竹的目的,也许是我的故事太悲怆了,那些农民不仅破例没有追要我的罚款,还把单词手册和钢笔还给了我。

近十天的劳累使我如愿以偿,我用我的汗水换来了38元钱,过完春节,父亲兑现了诺言,让我重新回到了学校。此后,我考上了大学,离开了山沟,到城里找到了工作,实现了一个山里孩子梦寐以求的愿望。

在人的生命之旅中,信心是路,有信心才有希望。有这样一个故事:在纽约街头,一位商人看到一个衣衫褴褛的铅笔推销员,顿生一股怜悯之情。他把1元钱丢进铅笔人的怀中,就走开了。但他又忽然觉得这样做很不妥,就连忙返回,从卖铅笔的人那里取出几支铅笔,并抱歉地解释说自己忘记取笔了,希望不要介意。最后他说:"你跟我都是商人。你有东西要卖,而且上面有标价。"几个月过后,在一个社交场合上,一位穿着整齐的推销商迎上这位纽约商人,并自我介绍:"你可能已忘记了我,我也不知道你的名字,但我永远忘不了你。你就是那个重新给了我自尊的人,是你给了我一颗信心的种子。我一直觉得自己是个推销铅笔的乞丐,直到你告诉我,我也是一个商人为止。"没想到纽约商人简简单单的一句话,竟使得一个处境窘迫的人重新树立了自信心,并且通过自己的努力终于取得了可喜的成就。纽约商人给他的那颗信心的种子成了他能站起来的希望。

信心是希望的种子,只要有适宜的土壤,它就会生根发芽,开花结果。事有成败,其关键就在于能否呵护好信心这颗希望的种子,成功的人往往勤勉、自律,从培育这颗种子开始迈出人生关键的第一步;相反,失败的人,常常一开始就让信心这颗种子枯了、死了、烂了,一生都生活在苦苦的失望和挣扎中。有了希望才有动力和方向,呵护希望,你一定能走向成功。

自信加油站

信心是一条充满了惊喜与憧憬的路,它会带我们走向远方,走向心中梦寐以求的渴望;信心是一颗等待发芽、期待长叶开花的种子,种在心灵的土壤中,它会让我们像向日葵一样永远向着太阳,向着梦想与希望。信心永远不可丢失,应永远珍藏心间。

王倩

心　形　苹　果　◎崔鹤同

> 从此,好像变魔术一样,学生脸上有了开朗的笑容,显露出了天真欢乐的本色。

　　一个班的学生在低年级时遇到一个非常严格的老师,老师给学生布置的作业很多,而给学生的评价却都很低。在这位老师笔下,很少有学生可以得到甲,能得到乙就很不错了。有许多拿到丙、丁的学生对学习便渐渐失去了信心,家长对自己的孩子也不再抱有希望。

　　当这班学生升到另一位老师的班级时,老师发现学生们的情绪很低沉,每天的功课也只是勉强交卷,更糟糕的是,学生们都畏畏缩缩、小里小气,一点也没有小学生那种天真烂漫的气息。

　　于是,这位老师有意降低标准,她开始把作业的最低分定为甲下,当然好一点就是甲了,再好点就是甲上,写得很不错的,她给甲上再加上一个心形"苹果",真的很用心的,则给甲上再加两个心形"苹果"。

　　这位老师所谓的"苹果",只是一个刻成心形的"苹果"印章,盖在甲上的旁边。

　　除此之外,每隔一段时间,就发奖品,只要原来是甲下的学生得过三个甲就给发奖,依此类推。由于评分标准很宽,在每次发奖品时,几乎每位学生都有奖品,最小的奖品是一张贴纸,最大的是一只铅笔盒。

这样甲上的可加两个"苹果",使原本拿丙、丁的学生带回去的作业簿也有甲上的佳绩。学生们都笑了,家长更开心得不得了,非常善待那些原来"顽劣"的孩子。

从此,好像变魔术一样,学生脸上有了开朗的笑容,显露出了天真欢乐的本色。特别是每次颁奖时,教室像节日的盛会,所有的学生全部改换服装,面目一新,个个充满自信、容光焕发。渐渐地全班的成绩都有了很大的提高。

这位老师说:"不管是什么样的孩子,爱是最好的教育,而表现爱的最好方法是欢喜、奖励与赞赏。"是的,关键要有一颗爱心,从孩子的身上发现生命的至真至美,给他们以鼓励和信心,让他们轻松快乐地健康成长。

自信加油站

那颗小小的心形苹果印,是来自心灵深处的爱,是源自真爱的鼓励、欣赏、包容,就像一颗颗甜蜜的巧克力糖,让顽劣的我们也能展现生命的纯真美好,找到自信和快乐,进一步勇往直前。成长的路因为鼓励带来的自信变得更加美好、顺畅

王倩

老师的谎言改变了我的一生　◎汪新才

> 我好想对李老师说：感谢您，老师，是您给了我信心，是您改变了我的一生。

我从小就口吃，上小学一年级时，老师伸出四个手指问我那代表什么，结果我将"四个"说成了"地个"，惹得老师和其他小朋友一阵哄笑。上学后，我的成绩又一直跟不上，强烈的自卑感让我产生了厌学情绪，发展到后来，连校门都不想再进了。最后在母亲的督促下，我只得勉勉强强地去上学，成绩也一直不好，我只想快快等到高中毕业后，到外面去打工。

记得临近中学毕业的前半个月，班主任李坤山老师组织同学们举办了一场晚会，他担任主持人。在晚会中间，他穿插了一个很浪漫的节目，让每个同学都在纸条上写上自己最喜欢的同学的名字，并写出喜欢他（她）的理由，当然是不用署名的，然后由他当众宣读。这个提议立即得到了大家的响应，而且也令大家格外兴奋。李老师说，大家同窗几年了，这也许是中学时代最后一次说出埋藏在心底秘密的机会了，其实你们也很想知道，自己是否被人悄悄地关注过，喜欢过，是吗？

在五彩的灯光下，看着其他同学的脸上都洋溢着青春的激情和焦灼的期待，我却愁眉苦脸。说实话，我并不喜欢这个节目。因为我知道，我的成绩一直不好，又有口吃，肯定没人写我。当大家都埋头写名字的时候,我也只好写上了班里成绩最好的一个同学的名字。

纸条很快被组长收齐后送到了李老师的手里,接着他便开始念名字。全班顿时安静下来,除了我趴在桌上以外,大家的眼睛都紧盯着他,眼里写满了紧张和不安。随着他念出的那些名字和那些与之有关的温情脉脉的文字,全班人的目光便都聚集到被念到名字的同学身上,而那个幸运的同学,则会略带羞涩地、不自然地微笑着,还有点不知所措。随着纸条一张张念下去,教室里荡漾起明媚的气息。

正如我预料的那样,名字快念完了,仍没有我,我只能自卑地把头埋得越来越低。这个节目真的让我好难堪。就在这一刻,突然李老师念到了我的名字:"我喜欢你,也许你成绩不太理想,也许还有点小小的缺陷,但你并不知道你的美。其实,你诚实、果敢、沉默的样子,是女孩子们欣赏的另一种味道的美!"同学们听到这儿,都非常意外,大家的目光一下子都落在了我的身上。在这突如其来的幸福面前,我脸色绯红,眼睛里闪烁着泪花,不知所措,我根本没有想到老师会念出我的名字。我慌张地抬起头,惊讶地望着老师,像是在问,这是真的吗? 老师微笑着向我点点头。同学们回过神来,突然一齐为我鼓起了掌,掌声真挚而深情。

从那以后,我好像换了个人似的,开始和同学们肩并肩、有说有笑地走在一起,我也开始和女生们大大方方地交谈,教室里第一次有了我开朗的笑声。

尽管那一年我没能考上大学,但是我选择了去当兵,而且在第二年就考上了军校。

上军校的第一年寒假回家,我特意去看望了李老师,我们谈起了三年前那个浪漫的节目。李老师问我:"你想知道写你名字的那个同学是谁吗？"我说："我知道是谁写的，其实根本没有人写我，只是您一个善意的谎言，对吗？"李老师说："我也知道……我也猜出来了你当时的心思，不过，善意的谎言彻底改变了你自卑的心理，这是令我最高兴的事。"

军校期间，我的每门功课都在优良以上，四年后以全系第二名的好成绩分到了部队工作，一年后因工作出色，被破格提升为连长。

李老师一个简单而美丽的谎言，彻底改变了我的人生态度。如果没有他，或许不会有今天的我。我好想对李老师说：感谢您，老师，是您给了我信心，是您改变了我的一生。

自信加油站

　　鼓励创造自信，自信产生勇气，勇气改变人生。自信和勇气是我们永远不能忘记的好朋友，是酷暑里的一阵风，是沙漠里的一泓水，是黑夜里的一盏灯……如果有可能，我们也应该把这份勇敢和自信带给我们身边的每个人。

◎王蕴

你和我当年一模一样　◎佚 名

> 我有必要补充一句：大师们当年对我也是这么说的。记住，你和我当年一模一样，是的，一模一样！

曾经，有一位热爱音乐的年轻人，在音乐创作的道路上摸索了很久，却不见什么进步。他经常怀疑自己是否有音乐天赋，对未来前途感到十分迷茫。为此，他去拜访了大作曲家柏辽兹，希望这位大师能为他指点迷津。

年轻人演奏了一首自己创作的曲子后,诚恳地问:"柏辽兹先生,您认为我适合从事音乐创作吗?"

柏辽兹听他弹奏的时候就已经做出了判断,这个年轻人的演奏虽然很熟练,却缺少某种灵气,很显然,他对音乐的理解还停留在很浅的层次,而且不懂得将技巧和灵感自然地融合在一起。一个学过多年音乐创作的人,仅仅达到这个水准,显然是缺少天赋的。因此,柏辽兹坦率地说:"年轻人,我毫不隐瞒地对你说,你根本没有音乐才能。我之所以这么快对你下结论,是为了让你趁早放弃,另寻出路,免得浪费时间。"

这个年轻人一听,觉得大师的话正好证实了自己的疑惑。他大失所望,带着羞愧不安的心情起身告辞。

看着年轻人失落的背影消失在门口,柏辽兹感到有些懊悔,他觉得自己的话对这个年轻人的自尊心和自信心是一个很大的打击。再说,纵然一个人的天赋有欠缺,但他可以用勤奋来弥补,即使达不到极高的境界,至少也会有所作为的,为什么要叫人家放弃呢?因此,他决定采取补救措施,唤起年轻人的自信。

柏辽兹打开窗户,看见那个青年人正垂头丧气地走在街道上。他从窗口叫住青年人说:"我不改变刚才对你的评价。但是,我有必要补充一句:大师们当年对我也是这么说的。记住,你和我当年一模一样,是的,一模一样!"

青年人听后,顿时精神振奋,重新树起了信心。多年后,他经过刻苦努力,终于成为一名著名的作曲家。

对于我们每一个普通人来说,大师就像一座难以企及的丰碑,成功者就像一朵悬在天际的云一样让人难以琢磨。其实,他们也曾经像我们一样平凡、普通,也曾经像我们一样垂头丧气,不知所措。珍惜心中的信念和勇气,努力付出,我们也能像大师和成功者一样享受那份喜悦和幸福。

王蕴

父亲的力量 ◎刘燕敏

他们非常感激艾米丽小姐,因为是她给他们的血液里注入了一种叫自信的因子!

艾米丽是法国的一名小学女教师。她所教的三年级(2)班共有16名学生,其中5名孩子的母亲是未婚生子。他们要么从没有见过爸爸,要么从生下来的那天起,就不知道自己的爸爸是谁。艾米丽在与他们相处的过程中,发现了一个奇妙的现象——这些没有爸爸的孩子,在谈起自己的爸爸时,比谁都带劲,并且还总是把自己的爸爸描绘成一个英雄。

有一次,班级里搞一个活动。一个名叫莫里的矮个子小男孩爬上自己的课桌,向全班同学宣布,他有爸爸了!并非常骄傲地告诉同学们,他的爸爸是一名海军上尉,是一个很有风度、很有修养的人,如今在美国的一个海军基地服役。

莫里由于个头较矮,常常被大个的男孩欺负。艾米丽明白,他之所以宣布他有爸爸，是想利用爸爸的威力，震慑一下欺负他的同学。后来，艾米丽打电话给莫里的妈妈。莫里的妈妈告诉艾米丽，她确实与孩子的爸爸联系上了。艾米丽很为莫里感到高兴。她知道，这些来自单亲母亲家庭的孩子，在内心深处都有一个强烈的愿望，那就是拥有一个爸爸，并且最好是一个英雄或明星式的爸爸。因为在他们的潜意识里，有这么一个男人存在着，可以成为他们的榜样或为他们撑腰。莫里后来的表现正是这样，自从他宣布自己有一个上尉爸爸之后，他比过去勇敢多了，也绅士多了。

为什么不帮助其他四位同学找个爸爸呢？哪怕是虚拟的爸爸！艾米丽想，也许这样会对他们的成长有好处呢！

这个想法产生之后，她决定先从班里的那位"足球明星"入手。这位小"足球明星"叫桑普斯，是学校少年足球队的中锋，球踢得好，人长得也帅气，唯一的不足是脾气暴躁，在班级里动不动就发脾气，有时甚至还有些暴力倾向。

为了稳妥起见，艾米丽首先与桑普斯的妈妈取得联系，把自己的想法告诉了她。桑普斯的妈妈非常赞同，说："我只知桑普斯的爸爸是位滑雪运动员，我们在瑞士相遇。分手后，我才发现自己怀孕了，可是，我们当时没有相互留下地址。桑普斯知道自己是一位运动员的儿子，但他不知道他的爸爸到底是谁。但愿你能给他找一个运动员爸爸。"

一次，桑普斯在班里搞恶作剧，把一位同学的帽子当足球在教室里踢来踢去。艾米丽看到后，叫住他，说："你应该向你的爸爸学习，做一个'足球绅士'。"桑普斯听到这句话，非常惊愕，因为他还从来没有听说过他的爸爸是一位足球运动员。艾米丽接着把他叫到办公室，说："这是一个秘密，只有校长和我知道。你是罗伯特·詹姆斯的儿子。为了他的荣誉，我希望你也能保守这个秘密。"

罗伯特·詹姆斯是上世纪八十年代英国最有价值的足球运动员，这位著名的传奇射手，在他的职业生涯中从未吃过一张红、黄牌，是欧洲公认的足球绅士，可惜，九十年代初，他在一次车祸中丧生了。

艾米丽的这一招还真是灵验。自从桑普斯知道自己的"爸爸"是罗伯特·詹姆斯之后，几乎一下子就成熟起来了，他把介绍罗伯特·詹姆斯的书找来阅读，他甚至把自己想象成罗伯特·詹姆斯再世。他模仿罗伯特·詹姆斯，他用罗伯特·詹姆斯的思想去思考，他梦想着将来能像罗伯特·詹姆斯一样创造出伟大的业绩。总之，他变了，变得不再像过去那样顽劣。

后来，艾米丽又通过同样的方法给其他学生找到了爸爸。现在已近 20 年过去了，凡是通过艾米丽找到爸爸的孩子，最后大都成就了一番事业。当他们后来知道，他们的爸爸不是那些名人时，他们也没有一个去找艾米丽算账，相反，他们非常感激艾米丽小姐，因为是她给他们的血液里注入了一种叫自信的因子！这种因子激发着他们去寻求伟大和不凡的人生。

自信加油站

艾米丽老师是一位聪明的园丁，她在学生的灵魂深处种植了信心的根苗。即使它们仅仅是一些善意的谎言，却确确实实产生了奇迹般的效果。自信的因子让我们肯下工夫去努力和付出，让我们有相信自己的底气与能力，更增加了我们自信的筹码。

▶ 王蕴

藏在信里的天使 ◎汪 洋

> 每个人身后都有一个守护天使,尽管并不是每个天使都有翅膀。

坐在操场边的石阶上,10年级的里尔一脸落寞。操场上,和他年龄相仿的同学正进行着各项体育活动,里尔很想加入他们,但是他不敢。由于从小多病,里尔在全班中个子最矮,身体最弱,每次班上进行体能测试,他都无一例外地排在最后,甚至连女生也赶不上。班上最调皮的加特,常毫无顾忌地大喊里尔"小矮人"。

每每听到"小矮人"的外号,里尔心里都怒火中烧,他真想冲上去,狠狠地将可恶的加特揍一顿。然而,加特比他足足高一个脑袋,身体非常强壮,他如果真要去揍加特,无疑是自取其辱。伤心时,里尔总渴望有位可爱的天使出现在他的眼前,用溢满快乐的眼睛看着他说:"里尔,你是个勇敢的男孩,我陪你玩吧!"其实,里尔很喜欢体育活动,特别对足球情有独钟,尽管无人找他踢球,他依旧悄悄练习着。

这时,加特冲到了他面前,斜着眼睛看着他说:"小矮人,怎么又在发呆啊?"里尔知道,如果回答加特,迎来的将是更恶劣的嘲讽,他只能一动不动地坐着,眼泪在眼眶里打转。加特转身跑开后,里尔的眼泪再也忍不住流了出来,他强烈地渴望能有天使来到他身边。奇迹出现了,他耳边响起了悦耳的问话声:"亲爱的里尔,你怎么一个人在这里啊？"

来不及擦干眼泪，里尔迅速地回过头，出现在他面前的并不是长翅膀的天使，而是上个月新来的语言教师玛丽。里尔心里满是失望，他摇着头说："没什么，刚才一粒沙子进了眼睛。"说完，里尔就赶紧跑开了，他不想让任何人知道自己的自卑，因此拼命保护着内心残存的小小自尊。

望着里尔远去的单薄的身体，玛丽陷入了深思。通过连日的观察，他已经对里尔的遭遇有所了解。刚才她远远看到加特出现在里尔面前，就知道发生了什么，所以才急急赶过来。虽然她知道实情，但却没有点破，她思考着怎样才能帮助里尔走出眼前的落寞和孤独。

几天后，玛丽老师在全班布置了一篇作文，要求孩子们写出内心的渴望。作文交上来后，玛丽老师最先把里尔的作文拿了出来。里尔的渴望似乎匪夷所思，他一心期盼着有位可爱的天使出现在他的生活中，和他一起玩耍，这样他就不会孤单一个人了，也不会没有人欣赏了……

随后，玛丽老师找到在当地报社工作的编辑朋友，请求他把里尔的作文发表在晚报上，并强调说这很重要，是在拯救一个孩子的未来。看到自己的文章发表在报纸上，里尔非常高兴。更让他高兴的是，在文章发表几天后，他竟然收到了一封来信。信封是手工做的，右下角画有一轮明媚的太阳和鲜艳的小花，在花朵和太阳之间是一个张开翅膀的小天使，小天使还面带着微笑……

里尔被这幅画深深地迷住了。他轻轻打开了信封，信纸散发着太阳花的清香。里尔微眯着眼睛，慢慢地读着信纸上优美的语言：

里尔，你是个很有气质的男孩，不像其他男孩那样自以为是。你的身上有很多人都比不上的优秀之处，比如你的学习成绩好、作文写得好……不要问我是谁,我是一个很久以来一直默默关注你的女孩。我很害羞,你身上散发出来的优秀气质令我不敢靠近你,但我愿意在今后的日子里一直给你写信,向你抒发我内心对你的赞扬和钦佩之情……

这封突如其来的信,升腾起了里尔内心巨大的渴望。他一直期待天使能降临人间,因为只有无所不知的天使才能明白他的心。令他没想到的是,天使居然真的出现了,而这个天使就藏在信里。

随后的日子里,每隔几天,里尔都会收到一封来信。在这些信里,总是写满了对里尔的赞美,甚至还有几分崇拜。慢慢地,里尔从自卑的世界里蓦然醒来:我原来是这样优秀啊!想到这,脸上一贯阴郁的他开始展现出微笑,并且主动接近班上的同学。如此一来,里尔发现,其实班上除了加特等几个自以为是的家伙外,大多数同学都很友善,并没有排斥他。这时,里尔才发现,原来不是同学们在拒绝他,而是他自己一直在拒绝别人。

就在里尔越发自信时,天使的来信却突然消失了。尽管里尔有些遗憾,却不再落寞。以后的岁月里,里尔自信地成长着,多年后,他成了远近闻名的专栏作家。可那"藏在信里的天使",里尔一直没能找到,天使成了他心中一个美丽的谜。里尔还问过以前曾是他同学的妻子,她是不是天使的制造者,妻子茫然的神色让里尔知道天使另有其人。

尽管一直无法知道天使是谁,他心里对她依旧充满了无限感激,如果没有那些赞誉的信,也许他现在什么都不是……

对过去感慨不已的里尔,想起那些激励自己的信,忍不住在专栏里写下了一篇《藏在信里的天使》。里尔发表的文章,刚好被玛丽老师看到了。回想起多年前，自己给一个叫里尔的男孩写崇拜信的经历，玛丽老师开心不已。

 自信加油站

老师的鼓励给了里尔信心，让他终于走出了自卑，走进了新的生活。自信，让我们有了前进的动力，让我们重新燃起了追求和奋斗的希望。我们应从鼓励中获得安慰和激励，从激励中树立起自尊自信的勇气，从容面对人生。

◆王蕴

伟人的化身 ＞佚 名

他表面装作极不相信地离开了，但心里却有了一种从未有过的伟大的感觉。

有一个美国人，42岁了仍一事无成，他自己也认为自己倒霉透了：离婚、破产、失业……他不知道自己的生存价值和人生的意义是什么。他对自己非常不满，性格变得古怪、易怒，同时又十分脆弱。

有一天，一个吉普赛人在巴黎街头算命，他随意一试。吉普赛人看过他的手相之后，说："您是一个伟人，您很了不起！""什么？"他大吃一惊，"我是个伟人，你不是在开玩笑吧！"

吉普赛人平静地说："您知道您是谁吗？"

"我是谁？"他暗想，"是个倒霉鬼，是个穷光蛋，是个被生活抛弃的人！"但他仍然故作镇静地问："我是谁呢？"

"您是伟人，"吉普赛人说，"您知道吗，您是华盛顿转世！您身上流的血、您的勇气和智慧，都是华盛顿的啊！先生，难道您真的没

有发觉,您的面貌也很像华盛顿吗?"

"不会吧……"他迟疑地说,"我离婚了……我破产了……我失业了……我几乎无家可归……"

"嗨,那是您的过去,"吉普赛人只好说,"您的未来可不得了!先生如果不相信,就不用给钱好了。不过,5年后,您将是美国最成功的人啊!因为您就是华盛顿的化身!"

他表面装作极不相信地离开了,但心里却有了一种从未有过的伟大的感觉。他对华盛顿产生了浓厚的兴趣。回家后,就想方设法找与华盛顿有关的一切书籍来阅读。渐渐地,他发现周围的环境开始改变了,朋友、家人、同事、老板,都换了另一种眼光、另一种表情来对待他。事情也开始顺利起来。13年以后,也就是在他55岁的时候,他成了亿万富翁,并且成为美国赫赫有名的成功人士。

自信加油站

也许是无意,也许是有心,吉普赛人给了这个潦倒的人以自信的锋芒。从一个倒霉蛋到一个成功人士其实并不遥远,其中最重要的因素就是信心。对自己有信心,才有勇气去追求伟大,才有力量去征服挑战。

王蕴

"三好生"

▶陈庆苞

他的班主任,一个不苟言笑、做事认真得近乎古板的人,走过来拦住他:"别走,这次'三好生'有你呀!"

上小学的时候,从一年级到五年级,他从未当过"三好生",也从未想过当"三好生",尽管他成绩不错,表现也很好。

他住的村子很偏僻,村子的东北方向有一个军营,军营子女就成了学校里的一个特殊群体。他们穿戴干净,长得也漂亮,不像农家子弟那样即使是大冬天也敞着怀,鼻子下常常挂着鼻涕;他们还能给老师捎一些在地方上买不到的东西,自然就比农家子弟"得宠"。村里的孩子如果不是很出色,就很难引起老师的注意。他那时很自卑。

五年级临放寒假时,学校照例在小操场上召开表彰会,"三好生"上台领奖往往是表彰会的高潮。校长在上面讲话,学生在下面说话,老师在后面吸烟,整个操场乱哄哄的什么也听不见,他坐在下面低着头想自己的事。

"要发奖了!"有人喊了一声,同学们的目光都聚到主席台上。被喊到的学生大都是军官的子女,他们不像农家子弟那样红着脸到主席台上拿了(甚至可以说是"夺了")奖状就跑,而是大大方方到主席台上先向校长敬少先队队礼,然后双手接过奖状,再昂首挺胸地走回来。他很羡慕他们。当然仅仅是羡慕,即使夜里做一百零八个梦也不会梦见自己当"三好生",他觉得"三好生"不是他这种人能当上的。直到旁边的"大棍"用胳膊肘捣他，"快！校长喊你到台上领奖，你是'三好生'啦！"福星真的照到了自己的头上。他简直不敢相信自己的耳朵，激动得不知所措。

"快去呀！"旁边的几个人叫道。

就这样，在小学临近毕业的那个学期，他第一次被评上了"三好生"。

领奖的时候，为了替农家子弟争回些面子，他走得郑重其事。到主席台上，他也像军官的子女那样向校长敬了一个标准的少先队队礼。

接下来，就该双手接奖状了。

"你来干什么？"校长的神色奇奇怪怪，脸上没有一丝笑容。

"我来……领奖呀。"他不明白，为什么校长对别的"三好生"笑容可掬，唯独对他冷冰冰的。他有些委屈。

"领什么奖？"校长一下子暴怒了起来，"简直是胡闹！"

他一下子懵了，"不是你喊我来领奖的吗？"

"我叫你来领奖？"校长把"三好生"名单往他面前一递，"你看看，上面连你的名字都没有，我会叫你来领奖？"

他听到身后传来了同学们的笑声。平时有哪位老师上课走错了教室，学生都能当成笑话说上一个月，像今天这种情况能不让人笑岔气？只听"大棍"一边笑一边大声嚷嚷："哎，他信了！他信了！"

这时他才知道自己被人捉弄了，当着这么多人的面，他感觉无地自容，转身就跑。

他的班主任，一个不苟言笑、做事认真得近乎古板的人，走过来拦住他："别走，这次'三好生'有你呀！"

全场一下子静了下来。

班主任走到校长面前:"这次'三好生'有他。怎么能没有呢?我明明记得有嘛。"

校长生气地把名单递给他。他仔细地看了两遍,一拍脑门:"哎呀,你看我!我写名单的时候把他漏掉了,都怪我!"

校长脸一沉,"胡闹!亏你平时那么认真,也能出这种错!现在怎么收场?"

全场静得出奇。

班主任把上衣口袋里的钢笔拿下来递到他手上:"没有奖状和红花了,这个当做奖品给你吧。"班主任平时常穿一件蓝色中山装,上衣口袋里常常别着一支钢笔,钢笔的挂钩露在外面,在阳光下白灿灿的,常使得学生羡慕不已,要知道,那个时候对一个农村孩子来说,钢笔还是奢侈品啊!

那个寒假,他过得既充实又兴奋。他拥有了第一支钢笔,最主要的是,这支笔代表着一种荣誉,是自己应该得到的奖品。他的自卑感一下子消失了,从此和"三好生"结下了不解之缘,直到高中毕业,进入大学,他一直是班级中的三好生。

他当时对那位"粗心"的班主任虽有感激,但更多的是埋怨。埋怨他一时的疏忽让自己在众人面前出了丑。要是领奖那天没有那令人难堪的一幕该有多好!他常这样想,并遗憾万分。从此以后,无论在校内校外,他见了班主任总觉得不自在,尽量躲着走。班主任对此都一笑置之,待他如故。

20 年后,他已是某中学的一位班主任。一天,他向妻子谈起了往事,提到他当年的班主任,那个平时不苟言笑、做事认真得近乎古板的人。"你说,他那么认真的一个人,怎么能把我漏掉呢?"他感慨道。妻子笑吟吟地反问道:"他那么认真的一个人,怎么能单单把你漏掉呢?亏你现在还是班主任。"

半晌无语。夜半,他披衣而起,两眼含泪,拿起信笺……

王蕴

一个无意的伤害会给一颗年幼的心灵带来一辈子的伤口,而一次适当的鼓励则会带来不可估量的力量。鼓励带给我们的信心,给我们幼小懵懂的心灵注入了一支强心剂,让我们沐浴在温暖的信心中,从而能信心百倍,精神饱满地面对一切。

我一定"行" > 佚 名

生活就像一把无形的琴,每个人在弹奏它时,都应该对自己说:我一定行!

住在我隔壁的小李夫妇总希望自己的孩子长大后能成为一名出色的小提琴手。于是,在他们的孩子 5 岁时,给孩子买了一把小提琴,把他送进一个少儿提琴班学习,每天傍晚把他带到公园里练琴。起初,孩子拉琴像拉锯的声音一般难听;两个月后,他已能拉出与二胡差不多的音色。可是,很长一段时间,孩子的琴艺再没有长进,同班别的孩子已经拉得有模有样了,而他拉出的琴声,一直跟初学二胡者无异。

小李夫妇开始不耐烦了,他们觉得自己的孩子没有音乐天赋。一天傍晚,当孩子拉完一支练习曲后,忍无可忍的小李终于骂出了口:"拉得这么难听,你真是窝囊废!"骂完,自顾自走了。孩子愣在那里,眼泪流满稚嫩的脸。

这一幕,刚巧被一位到公园的女教师看得清清楚楚。她走过去,对孩子说:"孩子,你拉得不错,阿姨爱听。来,拉给阿姨听。"

孩子擦干眼泪,又拉起了琴。临走,女教师说:"你真行,以后每晚我都来听你拉琴,好吗?"孩子高兴地点了点头。

一年之后,孩子的琴艺大有长进,被市少年宫合奏队录取了。小李夫妇对女教师万分感谢:"遇上您这位教琴高手,真是孩子的福气!"

女教师说:"我不是音乐老师,对琴艺也一窍不通。我只是让你们的孩子懂得了自信。"

人要走向成功,有许多因素在发生作用,然而,自信是统领这些因素的灵魂。生活就像一把无形的琴,每个人在弹奏它时,都应该对自己说:我一定行!

女教师没有高超的琴技,有的只是一个信念:为一颗小小的心灵注入信心的清泉。是的,自信心就像是技艺高超的琴师的那双灵动的手,它能轻松拨动生活的琴弦,给人生留下动听的音符,给我们带来真正的快乐与奇迹。

▼ 王蕴

荡 秋 千 ○佚 名

"据我所知,每个人第一次荡秋千时都害怕得要命,爸爸也是这样的。"塞德兹趁机鼓励小塞德兹。

为了让儿子的身体得到良好的锻炼,也为了让他多一种娱乐活动,塞德兹在院子里专门安放了一个秋千。虽然荡秋千是大多数孩子喜爱的一项运动,但把它安放好之后才发现小塞德兹很害怕。当塞德兹第一次将他抱上秋千的踏板上时,小塞德兹吓得哭了起来。

"不,不……"小塞德兹站在踏板上紧紧地抓住绳子,他的动作狼狈极了,不停地哀求爸爸把他放下来。

"这没有什么,儿子,很多孩子都会玩,你不用害怕。"塞德兹一边说一边将他稳稳地扶住。

"爸爸,我不想玩这个,我会摔下去的。"小塞德兹哭着说道。

"你不会摔下来的。只要抓住绳子,这是很安全的。"

"不,我害怕。"儿子仍然坚持。见到他那副害怕的样子,塞德兹知道再劝说也没有用,便把他抱了下来。

"这样吧,爸爸先给你作个示范。等你见到爸爸玩得很高兴的时候,你一定会改变主意的。"说完,塞德兹就上了秋千开始摇荡起来。

"爸爸,你真行!"见爸爸在秋千上荡得很高很高,小塞德兹高声欢呼起来。

"那么,你也来试试好吗?"他问儿子。

"好吧,可是我不要荡得那么高。"儿子终于同意了试一下。这一次,儿子仍然很害怕,但他毕竟有了一个开始。他站在秋千的踏板上扭来扭去,样子难看极了。不仅如此,他几乎没有把秋千荡起来。

这时,女佣莱依小姐走了过来。她见到小塞德兹的模样顿时大笑起来:"威廉,你是在荡秋千吗? 怎么一点也不像呀。"

"不,莱依小姐,你不应该这样说,威廉做得很好。"听见莱依小姐那样说,塞德兹担心会打击小塞德兹的自信心,连忙出声制止了她。

莱依小姐是个很机灵的人,她立刻明白了塞德兹的意思,连忙说道:"哦,我忘了,我在第一次荡秋千时还不如威廉呢。"

"是吗? "儿子听见莱依小姐这样说,便立刻来了精神,用力在秋千上摇荡了几下。

"是这样的。据我所知,每个人第一次荡秋千时都害怕得要命,爸爸也是这样的。"塞德兹趁机鼓励小塞德兹,"我第一次上秋千的踏板上时比你还要害怕,站在那里一动不动,根本不敢晃动。你比我好多了,我相信用不了几天你就会荡得很高很高。"

"真的? !"小塞德兹听见塞德兹和莱依小姐都这样说,恐惧感顿时消失得无影无踪。

第二天,塞德兹下班后回家,还没有走进住处便听到了花园中传来的欢笑声。小塞德兹和莱依小姐正在高兴地荡着秋千。

自信加油站

多给身边的胆怯者以鼓励,多给左右的自卑者以宽慰,我们会发现在他们走出胆怯和自卑阴影的同时,我们也得到了同样的快乐和信心。对别人有信心,对自己有信心,这样的人生会变得非同寻常的精彩和有意义。

王蕴

洛克菲勒的支票 〉佚 名

其实能够让他扭转逆境的不是这50万美元,而是这50万美元唤起的他内心的自信和力量。

　　有一个生意人由于经商遭遇挫折,被逼到了负债累累、走投无路的境地。他绝望地坐在公园的长椅上,突然,一个老人走到了他面前。生意人向他倾倒了心中的苦水。"我想我能帮助你。"老人说。接着,他问了这个生意人的姓名,然后掏出一本支票簿,开了一张支票,塞进了生意人的手里,说:"这些钱算我借给你的,但是明年同月同日的此时此刻,我希望你能回到这个地方,把钱还给我。"老人说完就走了。

　　支票上写的是50万美元,签发支票的人是约翰·戴维森·洛克菲勒——世界上最富有的人之一!生意人十分激动。"我必须振作!"他心中暗想。他没有把这张支票兑现,而是将它锁在保险柜里。从此以后,只要想到它,他浑身就充满了重整旗鼓的力量。那一年,他凭借敏锐的眼光,抓住机会,做成了几桩大生意,不但还清了负债,还重归富人之列。

　　在与大富翁洛克菲勒约定的那个日子,他怀揣那张没有兑现的支票来到了公园。在这里他果然见到了如约而至的老人。正当他要向老人表示感谢,奉还支票的时候,一个护士跑了过来,抓住了老人的胳膊。"我终于找到你了!"护士大声说:"我希望他没有给你添麻烦。他一有机会就会从疗养院里跑出来,告诉别人他是大富豪洛克菲勒。"

护士挽着老人的胳膊走了,留下了目瞪口呆的生意人站在那里。他的脑海里回忆着一年来的奋斗历程。一切之所以如此从容不迫,是因为他深信保险柜里还有 50 万美元。蓦地,他明白,其实能够让他扭转逆境的不是这 50 万美元,而是这 50 万美元唤起的他内心的自信和力量。

一张永远不可能兑现的支票,成就了一个人的人生。真正给我们巨大力量,让我们能做出一番成绩的,不是别的,是信念。信念留存心中,就像一种无形的力量,时刻催促我们奋进,鼓励我们前行。拥有坚定的信念,就已经向成功迈出了重要的一步。

◆ 王蕴

一位母亲与家长会 ▶佚 名

> "妈妈,我一直都知道我不是个聪明的孩子,是您……"

她第一次参加家长会,幼儿园的老师就对她说:"您的儿子有多动症,在板凳上连三分钟都坐不了,你最好带他去医院看一看。"

回家的路上,儿子问她老师都说了些什么?她鼻子一酸,差点流下泪来。因为全班 30 名小朋友,唯有他表现最差;唯有对他,老师表现出不屑。然而,她还是告诉她的儿子:"老师表扬了你,说宝宝原来在板凳上坐不了一分钟,现在能坐上三分钟了。其他的妈妈都非常羡慕妈妈,因为全班只有宝宝进步了。"

那天晚上,她的儿子破天荒地吃了两碗米饭,并且没有让她喂。

儿子上小学了。家长会上,老师说:"全班 50 名同学,这次数学考试,您的儿子居然排了 49 名。我们怀疑他智力有些障碍,您最好能带他去医院查一查。"

回去的路上,她流下了泪。然而,当她回到家里,却对坐在桌前的儿子说:"老师对你充满信心。他说了,你并不是个笨孩子,只要能细心些,会超过你的同桌的,这次你的同桌排在第 21 名。"

说这话时,她发现,儿子暗淡的眼神一下子充满了光,沮丧的脸也一下子舒展开来。她甚至发现,儿子温顺得让她吃惊,好像长大了许多。第二天上学时,儿子去得比平时都要早。

孩子上了初中,又一次家长会。她坐在儿子的座位上,等着老师点她儿子的名字,因为每次家长会,她儿子的名字在差生的行列总是被点到。然而,这次却出乎她的预料,直到结束,都没有听到。她有些不习惯。临别,去问老师,老师告诉她:"按你儿子现在的成绩,考重点高中有点危险。"

她怀着喜悦的心情走出校门,此时发现儿子在等她。路上她扶着儿子肩膀,心里有一种说不出的甜蜜,她告诉儿子:"班主任对你的表现非常满意,他说了,只要你肯努力,很有希望考上重点高中。"

高中毕业了,一个第一批大学录取通知书下达的日子,学校打电话让她儿子到学校去一趟。她有一种预感,她的儿子被清华大学录取了,因为在报考时,她给儿子说过,她相信他能考上这所学校。

她儿子从学校回来,把一封印有"清华大学招生办公室"的特快专递交到她的手里,突然转身跑到自己房间里大哭起来。边哭边说:"妈妈,我一直都知道我不是个聪明的孩子,是您……"

自信加油站

王蕴

　　妈妈的鼓励是人世间最珍贵的礼物，因为它给了我们信心和力量，它是无私的给予，是全力的肯定。我们总是在师长的鼓励中扬起生活的风帆，在温暖的鼓励中享受成功的喜悦，在亲切的鼓励中创造生命的奇迹。我们满怀自信，志存高远，恰是对鼓励者最好的回报。

我们满怀自信,志存高远,
恰是对鼓励者最好的回报。

第 **7** 辑

举起你的手

　　在人才辈出、竞争日趋激烈的今天，机会一般不会主动找到你，只有敢于表现自己，让别人认识你，吸引对方的注意，才有可能得到机会。我想我们绝大多数人都有自己的理想和目标，但人生的第一步必须学会醒目地亮出自己，为自己创造机会。

与自卑作战　◎流沙

> 他的一生就是在与自卑作战,对他所缺少的进行补偿。

美国有一个孩子,从小在贫民窟长大。他长得很矮,而且脸色苍白,骨瘦如柴,胆子更小,从来不敢和陌生人讲话。

有一次,学校组织学生参观博物馆,里面有阿波罗和赫克利斯的塑像。领队告诉他们,阿波罗和赫克利斯是力量的化身,所以塑造这些人物时参照了一位运动员的体形。

从博物馆回来后,他为自己感到自卑。但是,他从心底萌生了另外一种想法:为什么我不能像那位运动员一样,锻炼自己,把自己变得强壮起来呢?

那天晚上,他就翻遍了自己所有的书,找出了许多体育锻炼方面的图片和文字,然后把它们放在一起。第二天一早,他就按照书上所说的开始进行体育锻炼。

几年后,奇迹发生了,他的身体在体育锻炼的催化下发育了,变成了一个体态健美,充满力量的男子汉。

他的名字叫安吉罗·西昔连诺——美国著名的健美运动员。他有一种古希腊男子汉的形象,法国马恩河上的"悲伤"塑像,就是以他为模特创作的。他还曾创造过一项世界吉尼斯纪录——徒手拖动了72吨重的火车头。

他的一生就是在与自卑作战,并对他所缺少的进行补偿。据说他的座右铭是:不要被自卑击垮,学会感谢自卑。

自信加油站

　　自卑是潜藏在每个人心中的可怕幽灵,它阻碍着我们前进的脚步,束缚着我们梦想的翅膀。和自卑作战,就是要把心灵从这可怕的幽灵那里解放出来,让自信和勇气的阳光洒满灵魂的角落,顺着勇敢的风一路走向远方……

◆ 王　蕴

勇敢的美丽　●孙洛丹

　　当你没办法选择幸运的时候,你至少可以选择勇敢。因为一个勇敢的人就是美丽的。

　　从小她就是个丑孩子,再加上爱哭的毛病,所以很不招人喜欢。其实这还没什么,最让人无法理解的是,她竟然一直都不为自己的丑感到难过,每日还傻乎乎地、不知愁地快活着。

　　因为她的世界一直都很少有人能介入,所以对于别人对她的看法,她原本也从不关注。但直到有一天,她听到从一个亲戚口里吐出来的"瘟神"两个字时,就有点不大开心了。她皱皱眉,撇撇嘴,很不高兴地看了那人一眼,后来又继续坐在椅子上玩自己的小皮球了。那次她是真的在意了,虽然她那时还不到五岁,虽然她还不懂这两个字的意思,但她从妈妈的眼睛里看出了不满。她知道那个词不好,所以从那以后不管那个人怎么逗她,她都不会朝他笑了。

在她上小学的时候,有别的学校的老师来听课,她的班主任对她说:"阳阳,真对不起,老师知道你的歌唱得好,但是为了给其他同学多一点机会,待会儿上课你就不要表演了。"这节课是观摩课,对大家都很重要。她知道老师平时对她不错,所以很懂事地点点头。但她的自尊心受到了伤害。

上中学的时候,她的自尊心受到了更大的伤害。那是一次表演唱,老师对她说:"可不可以请你站在后排,让其他同学替你领唱,但领唱的时候她不唱,你替她唱。如果得了奖品还是你的。"她不假思索地瞥了那个老师一眼,然后很郑重地说:"不行!"老师很不满。那一年的联欢会上,每个班的班长都要讲几句话,然后拍成照片,贴在宣传栏里。而她也拍了,可是老师硬没给她贴出去。老师说没别的原因,就是看不惯她长得丑却不谦虚,这让她这个做老师的很不理解。

她记得很清楚,因为丑,上学时女生都嘲笑她,男生都欺负她,但美术老师却特别偏爱她,每天都要找她当模特来画头像。她总是很好奇地问:"老师,为什么画我,我长得并不好看啊?"老师很认真地说:"不是啊,虽然你不算漂亮,但是你长得很有特点。"老师又说:"漂亮不一定被人记得住,但是有特点的人一定会被人记住的。"当时她真的很开心,虽然她并不明白老师的意思,但至少老师没有说她长得丑。等她成名以后,她仍然还记得那个老师,因为那个老师的话影响了她一生。

因为丑,她曾经很自卑。直到有一天,她看到一个名人的传记,讲的是一个新西兰女作家怎么样从一只丑小鸭变成著名学者的故事,她才发现自卑只能让她失去更多的东西,她开始变得勇敢起来。当她把低垂的头昂起来的时候,当她把单纯自信的笑容挂在脸上的时候,当她不再想着自己是个丑丫头的时候,她发现自己变得漂亮了。

从那以后她始终坚信一个道理：当你没办法选择幸运的时候，你至少可以选择勇敢。因为一个勇敢的人就是美丽的。

对于无法选择的命运，对于人生旅途中的坎坷，自卑、彷徨都无济于事。只有充满自信，乐观面对，勇于挑战，你将会发现，你的人生是多彩的，前途是灿烂的！

相貌是天生的，是我们无法改变的，如果有人以此来嘲笑和践踏我们的尊严，只能说明他的肤浅。丑陋并不可怕，可怕的是失去自信和勇气的心灵。我们不要因为这些外表的不完美而让心灵变得灰暗，勇敢笑一笑，自信会让我们更加美好。

　王蕴

树立信心和勇气　◎佚　名

罗丹重新树立起不断进取的信心和勇气，终于成为继米开朗琪罗之后最有世界影响力的雕塑家。

法国雕塑艺术大师罗丹出生于贫寒家庭，父亲是警察局的雇员。虽然他自幼酷爱绘画，但由于父亲的强烈反对，他只能徘徊在美术学校的大门口。

罗丹后来的伟大成就，更多的是得益于他的勤奋好学。每天天不亮他就起床，先到一个业余画家的家里对着实物画几个小时的素描，接着又急忙赶去上学。晚上从学校回来，他还要去博物馆。当时博物馆里有一个专画人体的学习班，他在那里要画上两个小时。除此之外,他还要抽空到图书馆、博物馆,观摩学习古代的雕塑作品。

罗丹14岁那年,一个偶然的机会,使他进入了巴黎图画数学学校。在那里,他遇到了一位爱才如命的老师勒考克。勒考克发现罗丹是一株才华初露的幼苗,立刻以极大的热情和严格的态度来精心栽培他。

有一次,罗丹因家庭经济困难无力购买颜料,十分难过,一气之下,决定撕掉自己所作的画,永远与艺术告别。勒考克闻讯火速赶来,声色俱厉地对罗丹说:"只有我才能决定如何处理你的这些画!我要把这些画保存起来。"

不久,他把罗丹送进雕塑室去深造。后来,罗丹在别人的劝告下报考巴黎官方的美术专科学校,但一连3次都名落孙山。

罗丹绝望了。他悲伤地认为,作为雕塑家,自己的生命已经结束了。这时,勒考克先生又向他伸出了热情的双手,耐心地开导他说:"未被录取,这是你可能遇到的最好的事情。要知道,美术学校已经变成了一所古典主义的学校,那里塑造出来的东西千篇一律,毫无感情,非常单调,全是骗人的东西。"

在老师的鼓励下,罗丹重新树立起不断进取的信心和勇气,终于成为继米开朗琪罗之后最有世界影响力的雕塑家。

自信加油站

勒考克老师是伟大的,他一次次点燃了罗丹心中的希望之光和信心之火,为人类培养了一位伟大的艺术家。即使是天才,成长的道路上也到处充满荆棘,所以我们在遇到困难时,要满怀着自信和勇气,支撑下来,不断进取,冲向胜利的终点。

王蕴

别轻看了自己 ◎马 军

正是这种不轻看自己的信心和勇气,才使他取得了最终的成功。

一次,台湾著名作家林清玄到好友李敖家中做客,惊奇地发现李敖将自己开给他的稿费单全都裱糊在墙上,从没领过!林清玄问他为什么,李敖说:"你们开给我的稿费远不及我的文章价值高。"

无独有偶。一位年轻画家画了一幅画到街上出售。一个外国人相中了这幅画,就问多少钱,年轻画家毫不犹豫地报价五百美元。外国人觉得有些贵,便说:"能不能少点儿?"

年轻画家说:"不能少!"说着便将画撕掉了。

外国人十分惊讶:"年轻人,你怎么能撕碎它呢?多可惜呀!五百美元不买,少卖点儿也行啊!你是生气了吧?"

"先生,我没有生气。这画我要价五百美元,说明我认为它值这个价,你跟我还价,说明在你眼中它还不够好,不值得,所以我要继续努力,力争下次画好,直到顾客承认为止。"年轻画家一脸平静地说。

这两个故事的结局是这样的:

事后,林清玄一五一十地把李敖拒领稿费一事告诉了自己所在报社的老板,老板听说后,觉得有理,一下子给李敖开出了200万的稿酬!而那位不愿自轻自贱,坚信自己的画价值五百美元的年轻画家,凭着勤奋,最终也成为一代宗师,留下了许许多多的传世精品,而他的每幅经典之作又何止值五百美元！

是的，看重人生，先从不看轻自己开始。

也许有人会说，李敖，多大的名气呀，开出那么高的稿酬，自然有人愿意。可那位年轻画家呢？要知道他在卖那幅画时，还没成名，生活极为贫困，钱对他来说太重要了，可他依然没轻看自己，而正是这种不轻看自己的信心和勇气，才使他取得了最终的成功，因为这位年轻画家就是后来成为中国美术馆馆长、著名的雕塑大师刘开渠！

自信加油站

痛苦而毫无价值的人生，从看轻自己开始。试想，连自己对自己都不够重视，不够有信心，谁还会看重我们，给我们机会施展抱负呢？要走出不平凡的路，要创造属于自己的价值，要争取与众不同的人生，就要从不看轻自己开始。自信、勇敢、坚定，我们会越来越成功。

王蕴

举起你的手 ◎ 李文忠

人生的第一步必须学会醒目地亮出自己，为自己创造机会。

那是我在北京参加的一期培训。课间，安排了一位专家演讲。演讲的人总希望有人配合自己，于是他问："在座的有多少人喜欢经济学？"

可没有一个人响应。但我知道，我们当中很多人，包括我自己都是从事经济工作的,到这儿来的目的就是"充电"。可由于怕被提问,大家都选择了沉默。专家苦笑一下说:"我先暂停一下,讲个故事给你们听。"

"我刚到美国读书的时候,在大学里经常有讲座,每次都是请华尔街或跨国公司的高级管理人员演讲。每次开讲前,我发现一个有趣的现象,我周围的同学总是拿一张硬纸,中间对折一下,让它可以立着,然后用颜色很鲜艳的笔并用粗体,大大地写上自己的名字,再放在桌前。于是,演讲者需要听众回答问题时,就可以直接看名字来叫人。

"我不解,便问旁边的同学。他笑着告诉我,演讲的人都是一流的人物,当你的回答令他满意或吃惊时,很有可能就暗示着他会给你提供很多机会。这是一个很简单的道理。

"事实也如此,我的确看到我周围的几个同学,因为出色的见解,最终得以到一流的公司供职……"

是啊,在人才辈出、竞争日趋激烈的今天,机会一般不会主动找到你,只有敢于表现自己,让别人认识你,吸引对方的注意,才有可能得到机会。我想我们绝大多数人都有自己的理想和目标,但人生的第一步必须学会醒目地亮出自己,为自己创造机会。说到底,这是一种观念:是主动出击还是被动选择,其实,在很多时候都决定着你的成功与否。

自信加油站

勇敢不仅仅是勇于与苦难抗争,更表现在相信自己,能积极主动战胜自己的惰性和紧张的情绪。由自信而勇敢,由自信而敢于发现自己,表现自己,从而亮出自己的智慧锋芒,幸运女神往往更青睐于这样的人。

王蕴

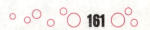

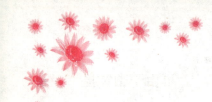

告诉自己：我能行 　▶佚 名

不要轻易否定自己的能力，不要为自己的心灵设限，时常告诉自己：我能行！

有个女孩生性胆怯，因为她有些口吃。虽然她的声音很好听。她的理想是当一名播音员或一位演讲家，在准备很充分的情况下，在不紧张时她的表现非常好，几乎听不出来她的缺陷。但她长期生活在自卑的阴影之中，脑海时时浮现老师轻蔑的眼神和自己在课堂上的尴尬场面，耳畔时时响起同学们的嘲笑声，所以，她的缺陷愈发明显。如果她主动告诉别人，别人会显出很惊讶的表情，说："不会吧，我怎么没听出来呢？你演讲得很不错啊！你是在重要场合太怯场了吧！"事实上，每当她站在讲台上时，面对台下众多的听众就会控制不住自己，讲话就结结巴巴的。

因此，她错过了很多发展的机会。她感到很痛苦，常常独自舔舐(shì)受伤的心灵。

后来，在一位朋友的引荐下，她去拜访一位成功的长者。她把内心的苦恼倾诉给那位长者，然后恳求道："您在我认识的人中，是最有才智的一位，您可以给我指条成功的路吗？"长者微笑地听着，说道："对自己说：我能行。"

女孩犹豫了一下，缓缓开口说："我能行。"长者说："用心再说一遍。"女孩顿了顿，大声说着："我能行。"长者说："再来一遍。"突然，女孩用劲大喊了一句："我能行！"

那位长者意味深长地说道："以后，经常对自己说这句话。永远不要对自己说'不能'。"

此后，那个女孩终于克服了自己的缺陷，屡屡在学校的演讲比赛中获奖，学习成绩扶摇直上，最终如愿以偿地考取了广播学院，实现了自己的理想。

要想让别人肯定你，首先得自己肯定自己，有了自信，一切都难不倒你，对横亘在你面前的所有障碍，你都能轻轻地拂去，如同掸掉一网蛛丝一般。不要轻易否定自己的能力，不要为自己的心灵设限，时常告诉自己：我能行！

只要你充满自信和勇气去做，就会有出色的收获。做到了这一点，距离成功还会远吗？

自信加油站

一代伟人丘吉尔曾经说过，勇气是人类最重要的一种特质，倘若有了勇气，人类其他的特质自然也就具备了。告诉自己"我能行"其实就是一种非凡的勇气，它让心灵从自卑的重压下钻出小芽，在肯定自我中获取能量，跨越障碍，拂去心灵的灰尘，凭着信心的力量练就非凡的灵魂。

王蕴

我相信自己  ◎郭梅竹

自信，多走一步，让一个如此普通的女孩就这样轻松地获得了那个职位。

我曾在一家电子厂打工，记得有一次制造部内招文员，集合车间所有普工现场招聘。文员工作不用上夜班，而且待遇也不错。女工们看了相关条件后，当时站出来应试的就很多。

这对于在流水线上白夜班轮流转的打工妹们来说，的确是个不容错过的好机会。

经过简单的面试，最后筛选出了十几个女孩。人事主管提了几个问题之后，沉思着转了两圈，突然又出乎大家意料地说："这样吧，把你们的名字都写在同一张纸上，我要进行比较，谁写的字漂亮就用谁。"

大家写完后，人事主管收起名单，正准备细看时，只见一个皮肤较黑、身材也比较矮小、长相非常普通的女孩，向前一步跨出了应试队列，她脸上充满着其他人所没有的那份自信，诚恳地说："用我吧。"

队列中立刻骚动起来，有的投去不屑一顾的眼神，有的交头接耳地小声议论起来，有的静观其变。

主管看了她一眼，先是一惊，正要开口说什么，女孩却紧接着说："我相信自己！"语气很坚定，有着让人不容拒绝的魅力。

没想到在众多优秀的竞争者中,那位女孩的一句话,还有那向前跨出一步的勇气,让人事主管特别注意了她写的名字。人事主管眼前一亮,竟然毫不犹豫地答应下来:"那就用你吧!"

自信,多走一步,让一个如此普通的女孩就这样轻松地获得了那个职位。

其实应试者中(包括我在内)比那位女孩有才华、长得漂亮、字写得好看的为数不少,然而却都输给了这么一位看起来很平凡的女孩。

想别人没想到、做别人没做到的事,这也许只在一步之遥!可在生活中,恰恰很多事情就是因差那么一小步,成功就与你擦身而过。而有些人只是比别人多了点自信,想到了别人没有想到的,多"走"了一步,他(她)便成功了。

自信加油站

想象一下众多优秀的竞争对手或鄙夷或奚落的目光中,这位平凡女孩的坚定和勇敢,让人不能不心生佩服和尊重。这种坚定和勇敢绝不是一时冲动,而是来自自信的力量,是发自内心地对成功的渴望。比别人多一份自信,就比别人多一份成功的希望。

王蕴

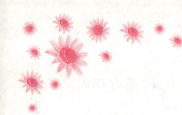

勇 于 优 秀　◎杨 澜

她们与我们很多人的差异是:勇于优秀——Dare to excel。

9月,我应邀在母校哥伦比亚大学主持世界女性领袖峰会。近50位与会者是来自不同国家的现任或前任的政界领导人。其中包括约旦皇后拉妮雅、爱尔兰前总统玛丽·罗宾逊、前加拿大总理暨国防部长金·坎贝尔、阿联酋经济和计划部长卡斯米、尼日利亚前财政部长伊韦阿拉等。论坛的话题是"女性与人类安全"。或许你认为这个话题又大又沉,那我就只来谈谈对她们的印象吧。她们与我们到底有什么不同?

她们都那么自信,眼神中流露出沉着、智慧和并不刺人的锐利;她们都穿着得体,无论是套装还是民族服装,都选用了安静的颜色,但是别针、耳环、纱巾的花边等饰物都相当精致,有一种不张扬的优美;她们说起话来,嗓门不高,条理清晰、用词精准,同时又充满感性和热情,更重要的是她们都是很好的倾听者。有一点出乎我的意料,她们对任何简单化的有关女性与男性之间的行为差别持怀疑态度:谁说女性领导人会比男性领导人更具和平倾向? 谁说女性比较不容易被腐化? 谁说女性更适合做福利卫生方面的工作而非国防和财经? 对于女性的偏见和偏爱,她们都抱着"再想一想"的态度,拒绝丑化也不需要美化。她们说:"让世界上有更多的女性领导人的首要原因是:作为地球人口的一半,女性的意见没有充分地被代表,而不是因为我们的意见就一定要高明到哪儿去。"

为了这个追求,智利女总统致信说,她已要求内阁中一半的部长是女性;洪都拉斯的妇女事务部长说,她通过推动立法已成功地让国会中女性的人数从6%增加到25%;当卡斯米出任阿联酋经济和计划部长时,阿拉伯世界的女性说:你提高了所有人对女性的期待,包括女人自己。当然,这种改变并不总是受到欢迎。就在论坛召开的前一天,阿富汗妇女部长在自己的国家惨遭杀害,因为她鼓励女人们接受教育,参加工作。是的,这就是她的"罪过"。

在更多的情形下,人们还是怀疑女性领导人的能力。卡斯米讲起她在中国香港参加一个国际峰会的经历:当她步入会议大厅的时候,一位本地的工作人员问她:"你们部长怎么还没来?""我就是部长。""您? 您在开玩笑吗?"当金·坎贝尔就任北约成员国第一位女性国防部长时,谈判对手——俄罗斯国防部长竟表示:跟一个女人谈军事让他很不习惯。"没关系,你会习惯的。"坎贝尔笑着说。

"我们是麻烦制造者。"她们自嘲。打破常规,一定会有"麻烦"。出生于尼日利亚,长期在世界银行工作,直至升为副行长的伊韦阿拉就被冠以这一称号。她把丈夫和4个孩子留在华盛顿,只身回到祖国,只为证明:"咱不能待在几千英里之外指手画脚。"她所面对的是:层层腐败和高达几百亿美元的外债。她以刚正不阿的性格和高超的谈判手腕,外加一周7天,每天15小时的工作,打赢了这场战争。在她的任期内,尼日利亚的外债被削减了60%以上。我在主持时,把这一成就称为"尼日利亚政府付出的回报率最高的工资"。一个更著名的评语是《时代》周刊给她的:"我们这个时代的英雄。""我还给中国人制造过麻烦呢。"她狡黠地一笑,"在WTO双边谈判时,我跟中国政府的官员好一番唇枪舌剑。等到谈判结束时,他们都说,怪不得你被称为'麻烦制造者',这下可领教了。"

作为政治家,现实没有因为她们是女性就可以被免于非议。甚至,她们也被咒骂和憎恨。不过,"若受不了蒸汽,就别进厨房。"这是她们自己从一开始就作出的选择。与男性政治家不同的是:她们大多是从专业身份起家,或是律师、或是经济学家、或是科学家。我总觉得这种专家的身份给了她们自信和尊严。她们的力量不是来自她们手中的权力,而是来自她们的意志与智慧。

有一句话我认为很有趣:给予女人力量最好的方式就是让一位有力量的女人站在她们面前。我必须承认,在那个秋日阳光特别温暖的下午,作为一个女人,我感到了力量的增长。

其实,她们与我们很多人的差异是:勇于优秀——Dare to excel。你当然不必对政治感兴趣,但你仍然可以很优秀。

自信加油站

看着这些优秀的女性用她们的意志和智慧,用她们的勇气和自信,为世界演绎不平凡的故事,我们无法不动容。她们不因为自己是女性就封闭自我,缩小定位,安于世俗;相反,她们敢于展示风采,乐于听从心灵召唤,勇于做优秀的自我。她们不仅是女孩的榜样,更是我们所有渴望成功者的方向。

王蕴

天使的翅膀

◎佚 名

有的小天使动作比较慢,来不及脱下他们的翅膀,就会在背上留下这样两道痕迹。

琳琳非常自卑,他的背上有两道非常明显的疤痕,从颈上一直延伸到腰部,所以琳琳非常害怕换衣服。尤其是上体育课,当其他的小孩子高兴地脱下校服,换上轻松的运动服时,琳琳总会一个人偷偷地躲在角落里,用背部紧紧地贴住墙壁,以最快速度换上运动服,生怕被别人发现。可是,时间久了,其他小朋友还是发现了他背上的疤。

"好可怕哦!""怪物!"天真的、无心的话往往最伤人,琳琳哭了。这事发生以后,琳琳的妈妈特意带着他去找老师。

"琳琳刚出世时就患了重病,当时想放弃,可是又不忍心,一个这么可爱的生命,怎么可以轻易地结束掉?"妈妈说着,眼睛红了,"幸好当时有位很高明的大夫,通过做手术挽救了他,他的背部便留下了两条疤痕。"

妈妈转头吩咐琳琳:"来,给老师看看。"

琳琳迟疑了一下,还是脱下了上衣,老师惊讶地看着那两道疤,心疼地问:"还痛吗?"

琳琳摇摇头:"不疼了。"

此时,老师心里不断地想:如果禁止小朋友取笑琳琳,只能治标,不能治本,琳琳一定还会继续自卑下去。一定要想个好办法。

突然,老师脑海里灵光一闪,她摸了摸琳琳的头说:"明天的体育课,一定要跟大家一起换衣服哦。"

晶莹的泪水在琳琳眼里滚来滚去:"可是,他们又会笑我,说我是怪物。"

"放心,老师有法子,没有人会笑你。真的!"

第二天上体育课,琳琳怯生生地躲在角落里,脱下了他的上衣。果然不出所料,有小朋友又厌恶地说:"好恶心呀!"

琳琳双眼睁得大大的,眼泪已流了下来。这时候,门突然被打开,老师出现了。几个同学马上跑到了老师面前说:"老师你看,他的背好可怕,像两条大虫。"

老师没有说话,只是慢慢地走向琳琳,然后露出诧异的表情。

"这不是虫!"老师眯着眼睛,很专注地看着琳琳的背部,"老师以前听过一个故事,大家想不想听?"

小朋友最爱听故事了,连忙围了过来。

老师说道:"这是一个传说。每个小朋友,都是天上的天使变成的,有的天使变成小孩的时候很快就把翅膀脱下来了。有的小天使动作比较慢,来不及脱下他们的翅膀。这时候,那些天使变成的小孩子,就会在背上留下这样两道痕迹。"

"哇!"小朋友发出惊叹的声音,"那这就是天使的翅膀?"

"对啊,"老师露出神秘的微笑,"大家要不要互相检查一下,还有没有人像他一样,翅膀没有完全掉下来?"

所有小朋友听到了老师这么说,马上七手八脚地检查对方的背,可是,没有人像琳琳一样,有这么清晰的痕迹。

"老师,我这里有一点点的伤痕,是不是?"一个小孩兴奋地举手。"才不是哩,我这里也红红的,我才是天使!"

小朋友们都争相承认自己的背上有疤,完全忘记了取笑琳琳的事情。琳琳原本哭红的双眼又有了笑意。

突然，一个小男孩轻轻地说："老师，我可不可以摸摸小天使的翅膀？"

"这要问小天使肯不肯。"老师微笑地向琳琳眨了眨眼睛。

琳琳鼓起勇气，羞怯地说："好。"

男孩轻轻地摸着他背上的疤痕，高兴地叫了起来："哇，好棒，我摸到天使的翅膀了！"

男孩这么一喊，所有的小朋友都大喊："我也要摸！"

一节体育课，一幅奇特的景象，教室里几十个小朋友排成长长的队伍，等着摸琳琳的背……

仁爱的老师用"天使的翅膀"使琳琳摆脱了其他同学的怪异目光，走出了自卑的阴影。

自信加油站

每个孩子都是天使变成的。尽管种族、相貌、身体会有不同，但都是"爱的小孩儿"。没什么比有"爱"更让我们充满光芒，让我们在阳光沐浴下自信地健康成长吧。

王蕴

克服自卑 ◎佚名

> 当一个人忘我地去生活，他天性中美好的地方就不会再受到自卑的抑制，就会表现出来。

有一个女生觉得自己很不可爱。她觉得自己没有漂亮的脸庞，没有乌黑的头发,没有白嫩的皮肤,没有窈窕的身材,没有过人的智慧,没有任何的才艺,没有富有的家庭,没有体面的父母……更可悲的是,她觉得自己的个性过于自卑,她也想像别人那样自信开朗,可是她做不到。

她一度想要去死。在死之前,她去求助心理咨询师,她决定,如果再没有任何生的意义和希望,她就去自杀,离开这个无趣的世界。心理学家听了她的话,良久没有说话。沉默了许久之后,心理学家说:"的确,生活对于你来说很艰难,我很明白你的处境和心情。我们需要再做一次治疗,你可不可以帮我一个忙,作为这一次治疗的费用。"女生表示同意。她是多么渴望活着啊。心理学家说:"下周我要在家里开一个聚会,我需要一个人来招待他们。"

接着,心理学家说:"到我家来的客人很多,但互相认识的人并不多,你要帮我主动去招呼客人,说是代表我欢迎他们,要注意帮助他们,特别是那些显得孤单的人。我需要你帮助我照料每一个客人,你明白了吗?"

女生一脸不安,心理学家又鼓励她说:"没关系,其实很简单。比如说,看谁没咖啡就端上一杯,要是太闷热了,就开开窗户什么的。"女生终于同意一试。

星期二这天,女生发式得体,衣衫合身,来到了晚会上。按着心理学家的要求,她尽职尽责,只想着帮助别人。她眼神活泼,笑容可掬,完全忘掉了自己的心事,成了晚会上最受欢迎的人。晚会结束后,有三个青年都提出要送她回家。

一个星期又一个星期,3个青年热烈地追求着这个女生,她最终答应了其中一位的求婚。心理学家作为被邀请的贵宾,参加了他们的婚礼。望着幸福的新娘,人们说心理学家创造了一个奇迹。

心理学家说过,克服自卑,有两种方法,一种是让自己变得更好,一种是忘我地去生活。前一种方法很好,但是比较慢;后一种方法,则比较快。当一个人忘我地去生活,他天性中美好的地方就不会再受到自卑的抑制,就会表现出来。自卑也就不治而愈了。

▼ 王 蕴

这个故事正印证了心理学家的"忘我"理论。如果时时刻刻想着自己的种种不如意、不理想,在这种心灵的重压下,我们根本无法喘息。忘我地去生活去奋斗,不在乎得失,不理会成败,会发现原来我们已经感受到了梦想的馨香。

南瓜的力量　◉战　红

> 虽然行动不一定会带来成功,但是不行动绝无成功可言。

美国科学家曾进行过一个很有趣的试验,他们用很多铁圈将一个小南瓜箍住,观察南瓜逐渐长大时对铁圈产生的压力有多大。最初他们估计,南瓜最大能够承受大约 500 磅的压力。

在试验的第一个月,南瓜承受了 500 磅的压力;第二个月时,竟承受了 1500 磅的压力。当它承受到 2000 磅的压力时,研究人员必须对铁圈进行加固,以免南瓜将铁圈撑开。

研究结束时,南瓜承受了超过 5000 磅的压力后瓜皮才破裂。它已经无法再食用,因为它的中间充满了坚韧牢固的层层纤维,试图想要突破包围它的铁圈。为了吸收充足的养分,以便于突破限制它成长的铁圈,它的根须总计延展超过8万英尺,并往不同方向全方位伸展,最后这个南瓜几乎控制了整个花园的土壤和资源。这就是南瓜的力量。

芸芸众生中,其实每个人都有成功的潜能,可是绝大多数人对自己的潜能却没有明确的概念,所以所谓的成功只属于少数人,属于少数那些把自己的潜能发挥至极限的人。要想成功,首先要相信自己有某一方面的潜能。

香港首富李嘉诚出生在广东省潮安,家境清贫,父亲早逝,年仅14岁的他便离开学校只身闯荡香港。他始终相信自己能够摆脱贫穷,因为他知道一个国家会因为贫穷丧失主权,一个民族会因为贫穷落后挨打,一个人会因为贫穷而丧失自尊……他相信自己一定能成功。他的第一份工作是做最低级的推销员,每天奔波16个小时,但他始终没有因为家境贫寒,没有学历而放弃理想和信念。最终他成功了。

亚伯拉罕·林肯被一种坚定的信念从小木屋中推向了白宫。同样坚定的理想使得年轻的本杰明·迪斯累利从英国的下层社会奋斗到了首相……所有来自社会底层的成大事者都有着相似的经历,他们在自己前进的道路上都受到了内心力量的有力牵引,这种力量几乎无法抗拒。

人生伟业的实现,不仅在于能知,更在于能行,虽然行动不一定会带来成功,但是不行动绝无成功可言。成功除了自信,还必须要执著地去追求。冥思苦想去规划如何成功,不如身体力行去实践成功。

◥ 王 蕴

　　我们每个人来到世间,要完成属于自己的使命,就要学会发掘上帝赋予我们的潜能。面对生活的困顿和窘迫,面对失败的心灰意冷,我们不能就此罢休。压力越大,越有利于我们发现、发掘自己的潜能。相信自己,潜能无限,付诸行动,胜利的终点等待我们去标注。

把信心留给自己　◎王丹宁

　　把信心留给自己吧! 你会发现自己其实是优秀的。

　　在别人的印象里,我是自信、开朗的。可谁会知道,我曾经一度是怎样的自卑。

　　自从上了中学,我就有了很大的变化。在刚开学的前一个月里,除了同桌,我基本没有和别人说过话。因为我不敢,我怕自己比大家差得太多,我怕别人会笑话我。我就像一只蜗牛,小心地保护着自己,就算有展现自己的机会也会立刻缩回去。

　　我不知道自己为何会自卑。也许是与生俱来的,也许是别人太强。总之,我沉浸在我那莫名的自卑里。朗读时,我一声不吭;虽然大家肯定过我,可我还是不自信,我觉得自己读得比别人差远了。上音乐课时,只有大家都大声唱时,我才会小声地跟着唱,我怕别人笑我唱得难听;就连说话时,我都只是小声地、极简练地说,因为我不敢,我怕。我怕那些根本不存在的东西。

只有在独处时,我才大声地为自己朗读,让我的声音占满每一个房间。我为自己唱歌,甚至于边唱边跳。我偷偷地写小说,把自己看到的、听到的,敢说或不敢说的都写进去。

可我会累,这样子实在太累了。我要对外显得活泼开朗;在必须时我会运用自己不错的口才说得滔滔不绝;我要装作信心十足的样子去迎接每一次其实底气不足的考试;我要在朋友面前表现自己过分外向,甚至有些疯疯癫癫;我还要在父母面前自吹自擂,自卖自夸,目的是让他们察觉不出我的失落。

我被一种讨厌的感觉羁绊着,让我不喜欢人群,深爱孤独和黑暗。可我还是向往着自信。于是我开始强迫自己:在众人面前说话,上课时发言,经常对好友"发表演说";在自卑心理让我去放弃机会时,我会迫使自己抓住机遇去表现自己。我经常和不太熟的人在一起玩,因为我想让自己不害怕……渐渐地,我开始讨厌黑暗,讨厌孤独,发现当和大家在一起时我如鱼得水,会发自内心地表现自己:"我真棒!"

虽然偶尔我还会害怕,但这种情况已经非常少了。我越来越肯定自己。我知道,我又一次胜利了。我战胜了最恐怖的东西——自卑。

把信心留给自己吧!你会发现自己其实是优秀的。你会快乐,也会使大家快乐。最重要的是,从此,你会充满希望。不管未来怎样,你都会笑着面对。这不是最大的快乐吗?

自信加油站

面对困难和挫折,也许,世界上最简单的办法莫过于告诉自己"我不行",然后放弃争取和努力。自卑让我们失去了前进的勇气。用信心战胜自卑,用勇气打倒惰性,用微笑展示我们内心的力量和魅力,我们会发现,其实快乐并不难,成功并不远。

王蕴

没有一种草不是花朵 ▷李雪峰

> 记住,没有一种草不会开花的,再美的花朵也是一种草啊!

那时我们还居住在深山里的乡下,还都是十五六岁的孩子。那是个春天,老师告诉我们说,学校准备组织我们十几个学生,搭车到百里外的县城去参加全县的作文竞赛。我们一听又兴奋又担忧,兴奋的是,这是我们第一次坐上大汽车,也是第一次有机会去看看繁华的县城;担忧的是,我们这群山里的孩子,作文能赛过城里的那些孩子们吗?

头发花白的老校长明白了我们的忧虑,他把我们这群孩子聚集在一块儿,对我们说:"咱们都是山里的孩子,你们都常常上山下田,但是孩子们,你们谁能说出一种不会开花的草儿呢?"

不会开花的草儿?我们想来想去,谁也没有想出有哪一种草是不会开花的。我们想了半天,摇摇头说:"老师,没有一种草是不开花的,所有的草都会开自己的花朵。"

老校长笑了,说:"是的,孩子们,没有一种草不会开花的,其实每一种草都是一种花朵啊。栽在精美花盆里的花是一种草,而生长在田埂边和山野里的草也是一种花啊!孩子们,不论我们生活在哪里,你们和其他人都一样,都是一种草,也都是一种花。记住,没有一种草不会开花的,再美的花朵也是一种草啊!"

很多年了,当我从深山里的乡下走进都市里的大学,当我从一名乡下青年成为城市缤纷社会中一员的时候,我没有自卑,也没有浮躁过,我总想起老校长的那句话:"没有一种草不会开花的,而每一种花朵也是一种草啊。"

自信加油站

没有一种草不会开花,没有一个人缺少天赋;而决定我们最后能否开出灿烂花朵的,是我们有没有发现自己,能不能相信自己,是不是有发掘自己天赋的勇气和运用这种天赋的智慧。给梦想灌注希望,给天赋插上翅膀,即使是一棵平凡的草,也能开出最灿烂的花。

王蕴